O Cavaleiro da Baleia

The Whale Rider

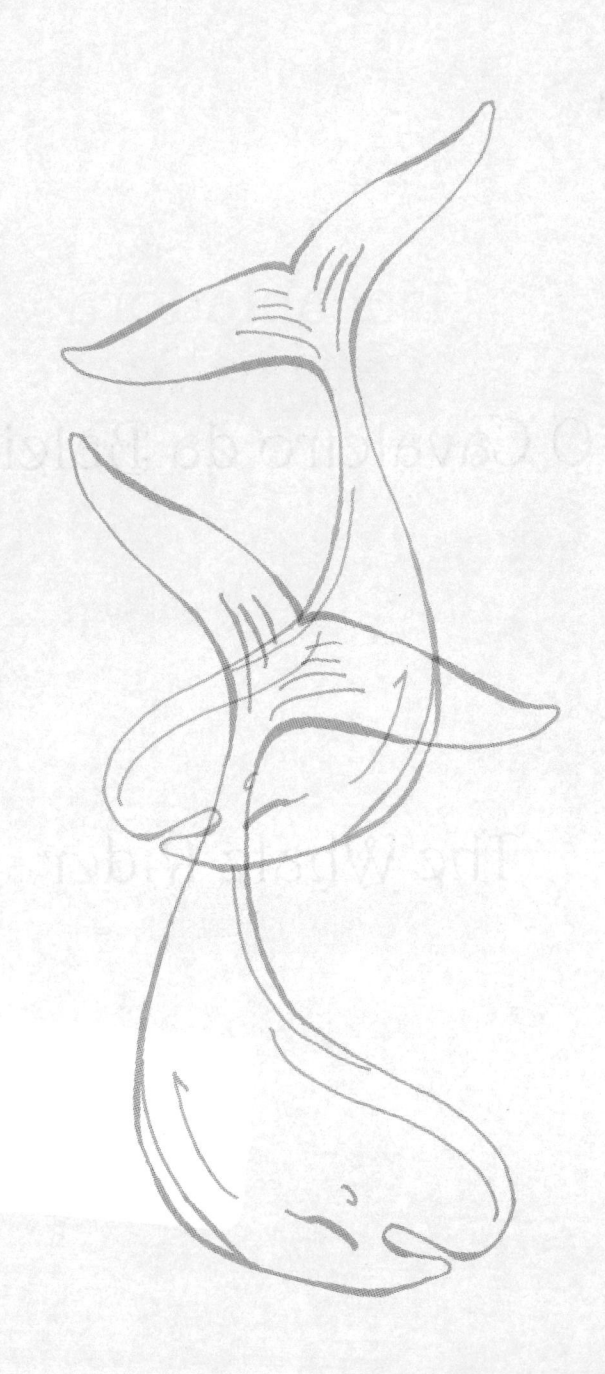

Kia hora te marino

Kia whakapapa pounamu te moana

Kia tere te karohirohi

I mua i tou huarahi

Que a calma se alastre

Que o oceano brilhe como jade

Que o esplendor da luz

Dance para sempre no teu caminho

Prólogo

A Vinda de Kahutia Te Rangi

Para Jessica Kiri e Olivia Ata,
as melhores meninas de todo esse amplo mundo

Esta história está ambientada em Whangara, na Costa Leste da Nova Zelândia, onde Paikea é o ancestral *tipuna*.
Porém, a história, as pessoas e os acontecimentos descritos são inteiramente ficcionais e não foram baseados em nenhuma pessoa de Whangara.

He tohu aroha ki a Whangara me nga uri o Paikea.

Agradeço também a Julia Keelan, Caroline Haapu e Hekia Parata por seu conselho e ajuda.

Conteúdo

Prólogo - A Vinda de Kahutia Te Rangi — 7
1 — 9
Primavera - A Força do Destino — 14
2 — 15
3 — 17
4 — 22
Verão - O Voo de Alcione — 29
5 — 30
6 — 32
7 — 41
8 — 50
Outono - A Estação da Baleia Cantante — 60
9 — 61
10 — 64
11 — 73
12 — 83
13 — 96
Inverno - Canção da Baleia, Cavaleiro da Baleia — 102
14 — 103
15 — 107
16 — 118
17 — 136
18 — 144
Epílogo - A Menina que veio do Mar — 147
19 — 148
20 — 155
21 — 160
Notas do Autor — 163
Glossário Maori — 173

Copyright © Witi Ihimaera, 1987
Todos os direitos reservados. Nenhuma parte deste livro pode ser reproduzida ou transmitida em qualquer forma ou por qualquer meio, eletrônico ou mecânico, incluindo fotocópia, gravação ou qualquer armazenamento de informação, e sistema de cópia, sem permissão escrita do editor.

Direção editorial: Júlia Bárány
Edição, preparação e revisão de texto: Barany Editora
Projeto gráfico e diagramação: Barany Editora
Capa: Emília Albano

Dados Internacionais de Catalogação na Publicação (CIP)
(Câmara Brasileira do Livro, SP, Brasil)

Ihimaera, Witi.
A encantadora de baleias / Witi Ihimaera : tradução Roberto Cattani e Katia Maria Bortoluzzi
  -- São Paulo: Barany Editora, 2012.
ISBN: 978-85-61080-18-1
Título original: The whale rider.
1. Ficção neozelandesa I. Título
12-07529   CDD - 823

Índice para Catálogo Sistemático:
1. Ficção : Literatura beozelnadesa em inglês
823

Todos os direitos desta edição reservados
à Barany Editora © 2012
São Paulo - SP - Brasil
contato@baranyeditora.com.br

Livro para Ser Livre
www.baranyeditora.com.br

A Encantadora de Baleias

Witi Ihimaera

tradução de Roberto Cattani
e Katia Maria Bortoluzzi

Barany Editora
São Paulo - 2012

1

Nos velhos tempos, nos anos que aconteceram antes de nós, a terra e o mar sentiam um grande vazio, um anseio. As montanhas como escadas para o céu, e o luxuriante verde da floresta tropical era um manto ondulado de muitas cores. O céu era iridescente, rodopiando com os movimentos do vento e das nuvens; às vezes refletindo o prisma do arco-íris, às vezes da aurora boreal. O mar, em eterno movimento, reluzia fundindo-se com o céu. Era o poço do fundo do mundo, e quando você olhava para dentro dele sentia como se fosse possível enxergar o fim da eternidade.

Isso não quer dizer que a terra e o mar não tivessem vida, vivacidade. O *tuatara*, o antigo lagarto com seu terceiro olho, estava de sentinela, piscando no sol escaldante, vigiando o Leste à espera. Os *moa*, em manadas gigantes sem asas, pastavam pela ilha do Sul. Por dentro da barriga quente da floresta, os *kiwi*, os *weka* e outros pássaros ciscavam em busca de huhu e outros insetos suculentos. As florestas ressoavam com o estalo das cascas das árvores, a cantoria das cigarras, o murmúrio dos riachos cheios de peixes. Às vezes a floresta ficava silenciosa repentinamente, e dentro da vegetação molhada ouvia-se a filigrana das risadas dos seres mágicos, como um glissando borbulhante.

O mar também pululava de peixes, mas eles também pareciam estar à espera de algo. Nadavam em brilhantes cardumes como uma chuva de paetês, pelas profundezas de jade – *hapuku, manga, kahawai, tamure, moki* e *warehou* – com o tubarão *mango ururoa* como pastor. Algumas vezes via-se de longe uma branca silhueta voar pelo mar, mas seria só o voo sereno da *tarawhai*, a arraia com o ferrão na cauda.

Esperando. Esperando pela semeadura. Esperando pela dádiva. Esperando pela benção que viria.

De repente, olhado para a superfície, os peixes começaram a ver as barrigas escuras das canoas vindo do leste. Os primeiros Anciões estavam chegando, em sua viagem do reino insular além do horizonte. Depois de um tempo, as canoas foram vistas voltando para o leste, deixando longas fendas no brilho da superfície. A terra e o mar suspiraram de felicidade:

Fomos descobertos

A notícia está sendo levada de volta para a terra dos Anciões

A dádiva virá logo.

Enquanto aguardavam, a terra e o mar começaram a sentir as pontadas da urgência, que acabasse, enfim, a espera. As florestas soltaram suaves perfumes aos ventos do leste, e guirlandas de pinheiros *pohutukawa* nas correntes do leste. O mar cintilava com o voo dos peixes voadores, se lançando bem alto para enxergar além do horizonte e serem os primeiros a anunciar o advento; na água rasa os cavalos marinhos camaleões vigiavam em volteios. Os únicos que relutavam era os seres mágicos, que preferiam se refugiar, com suas argentinas risadas, em grutas de cachoeiras cintilantes.

O sol nascia e se punha, nascia e se punha. Até que um dia, no ápice do meio-dia, é feito o primeiro avistamento. Uma espuma no horizonte. Uma silhueta escura surgindo das profundezas de jade do oceano, assustador, leviatã, irrompendo na superfície e se projetando rumo ao céu antes de cair no mar novamente. Debaixo da água, aquele trovão abafado ressoava como uma grande porta abrindo longe, e o mar e a terra tremiam pelo impacto daquele mergulho.

De repente o mar ecoou com um canto deslumbrante, uma canção impregnada de eternidade, uma canção para a terra:

Vocês chamaram e eu vim,
trazendo o presente dos Deuses.

A silhueta escura subindo, subindo novamente. Uma baleia, gigante. Um monstro marinho. No momento em que ele irrompeu do mar, um peixe voador pulando alto em seu êxtase viu água e ar fluindo em espuma trovejante do nobre animal, e soube, ah sim, que era chegada a hora. Já que o monstro exibia o signo sagrado, uma tatuagem em espiral impressa em sua fronte.

Aí o peixe voador viu que cavalgando a cabeça subindo para o céu, havia um homem. Era maravilhoso de se olhar, o cavaleiro da baleia. A água fluía dele e ele abria a boca para inspirar o ar frio. Seus olhos brilhavam de esplendor. As gotas em seu corpo ofuscavam como diamantes. Em cima da besta imensa, ele parecia uma pequena figura tatuada, marrom escuro, brilhante e ereta. Transmitia tanta força que parecia ser ele puxando a baleia para o céu.

Subindo, subindo. E o homem sentia a potência da baleia enquanto ela se projetava para fora do mar. Lá ao longe ele viu a terra que buscava há tanto tempo e agora achara, e ele começou a arremessar pequenas lanças para o mar e a terra, enquanto seguia sua magnífica viagem rumo à terra.

Algumas das lanças, no meio do voo, se transformaram em pombas, que voaram para a floresta. Outras, caindo no mar, transformaram-se em enguias. E a canção lá no mar permeava o ar de música sem tempo, e a terra e o mar abriram-se para ele, o presente sempre esperado: *tangata*, o homem. Com alegria e gratidão, o homem gritou para a terra:

Karanga mai, karanga mai, karanga mai.

Me chame. Mas havia uma lança, assim nos contam, a última que, quando o cavaleiro da baleia tentou lançar, recusou-se a sair de sua mão. Por muito que tentasse, a lança não queria voar.

Então o cavaleiro da baleia proferiu uma prece para a lança de madeira, dizendo: – Que esta lança seja fincada nos anos que virão, pois há lanças suficientes já plantadas. Que esta seja aquela que florescerá quando o povo estiver aflito e mais precisar dela.

Então a lança pulou alegremente de suas mãos e subiu para o céu. Cruzou, em seu voo, mil anos. Quando atingiu a terra, não se transformou mas ficou esperando por mais cento e cinquenta anos até que precisassem dela.

As nadadeiras da baleia varreram majestosamente o céu.

Hui e, haumi e, taiki e.

E assim seja.

Primavera

A Força do Destino

2

A Península de Valdés, Patagônia. Te Whiti Te Ra. A maternidade, o berço dos cetáceos. As baleias gigantes migraram quatro meses antes de suas pastagens na Antártica, para acasalar, parir e criar seus filhotes em duas grandes e calmas baías. Seu líder, o velho macho dominante, junto com as fêmeas mais velhas, flautavam músicas de baleias de uma magnificência benigna, enquanto tomavam conta do resto do bando. Naquele mar transparente como vidro, chamado de Caminho do Sol, sob a rotação brilhante das estrelas, aguardavam até que os recém-nascidos estivessem fortes o suficiente para as longas viagens que os esperavam.

Enquanto controlava tudo, o velho macho se deixava levar pelas lembranças de seu próprio nascimento. Sua mãe fora estraçalhada por tubarões três meses depois; enquanto chorava sua morte nas águas baixas de Hawaiki, foi socorrido pelo humano dourado que se tornara seu mestre. O homem ouvira o lamento da jovem baleia e entrara no mar, tocando uma flauta. O som era choroso e triste, tentando se juntar à dor da jovem baleia. Embora o músico nem tivesse realmente consciência, as cadências das melodias da flauta relembravam o canto de acalanto das *baleias*. *O pequeno macho chegou mais perto daquele ser humano, que o aninhou e esfregou seu nariz contra o do órfão em saudação. Quando o bando seguiu caminho, o jovem macho ficou para trás e cresceu sob a tutela de seu mestre.*

O jovem macho se tornara belo e viril, e amava o mestre. No começo, quando o mestre tocasse sua flauta, a baleia atendia o chamado. Até mesmo com o cansaço da idade, o velho macho conseguia evocar sua adolescência e seu mestre; naqueles momentos, emitia longos lamentos ondeantes na água luminosa. As fêmeas mais velhas se precipitavam ao seu lado, porque o amavam, e o consolavam carinhosamente no calor dos pontos de luz da água.

Numa profusão de sons, o velho macho comunicava sua saudade. Então, na reverberação da água, podia ouvir a flauta de seu mestre. Imediatamente a baleia parava de alimentar-se e tentava pular para fora do mar, como sempre fazia quando era jovem em condições de se precipitar ao encontro do mestre.

Com o passar dos anos, a felicidade daquela época era como um canto de sereias para o velho macho. Mas isso amedrontava as fêmeas mais velhas; para elas, aquela rapsódia da adolescência, aquela melodia da flauta, parecia significar somente que seu líder estava com os pensamentos focados nas perigosas ilhas ao sudoeste.

3

Acho que se esta história tem um começo, é com Kahu. Afinal, foi Kahu quem estava lá no fim, e foi a intervenção de Kahu que talvez tenha salvado a todos nós. Sempre soubemos que um dia haveria uma criança assim, mas quando Kahu nasceu, bem, estávamos literalmente voltados para outro lado. Acabávamos de chegar à casa dos nossos avós, eu e os meninos, quando tocou o telefone.

– Uma *menina* –, Vovô, Koro Apirana, disse, revoltado. – Não vou querer saber dela. Ela rompeu a sequência de descendência masculina da tribo –. Ele jogou o telefone para nossa avó, Vó Flowers, dizendo: – Toma. É tudo sua culpa. Seu lado feminino foi forte demais –. Então enfiou suas botas e saiu batendo a porta.

Quem ligara era o neto mais velho de todos, meu irmão, Porourangi, que vivia na South Island. Sua esposa, Rehua, é que acabara de dar à luz a primeira bisneta de nossa extensa família.

— Olá, querido —, disse Vó Flowers ao telefone. Vó Flowers estava acostumada com o jeito rabugento de Koro Apirana, embora ela ameaçasse divorciar-se dele dia sim, dia não, e dava para perceber que ela não se importava se o recém-nascido fosse menino ou menina. Seus lábios tremiam de emoção porque o mês inteiro estava esperando por aquela chamada de Porourangi. Ela parecia ficar vesga, como acontecia todas as vezes em que seu coração transbordava de amor. — O quê? O que você disse?

Começamos a rir, eu e os meninos, e gritamos para Vó: — Ei! Vovó! Que tal colocar o telefone em seus ouvidos para poder escutar!? — Vó não gostava mesmo de telefones; a cada vez que ouvia uma voz saindo dos furinhos do fone, ela ficava tão perturbada que esticava os braços colocando-o para longe. Então me aproximei dela e coloquei novamente o fone em seu ouvido.

Logo as lágrimas começaram a rolar na face da velha senhora. — O que é isso, querido? Oh, coitada. Oh, coitadinha! Oh, pobre coitadinha! Oh. Oh. Oh. Bem, fala pra Rehua que o primeiro é o pior. Os outros serão mais fáceis porque até lá ela vai saber o que fazer. Sim, querido. Vou falar pra ele. Sim, não se preocupe. Sim. Tudo certo. Sim, e nós amamos você também.

Ela desligou o telefone. — Bem, Rawiri —, ela disse para mim, — você e os meninos têm uma linda sobrinha. Ela deve ser mesmo, porque Porourangi disse que ela se parece comigo —. Tentamos segurar as risadas, porque Vó nada tinha de uma estrela de cinema. Então, de repente, ela colocou as mãos na cintura, fechou a cara e saiu para a varanda da frente. Lá embaixo, na praia, o velho Koro Apirana estava colocando sua canoa no mar da tarde. Como sempre, quando estava bravo, ele ia pegar a canoa e remar até o meio do oceano para desabafar.

– Ei –, esbravejou Vó Flowers, – seu velho *paka* –, que era o jeito afetuoso de chamar seu Koro quando ela queria que ele soubesse que o amava. – Ei! – mas ele fez de conta que não a ouvia chamando-o de velho paca, pulou dentro da canoa e foi-se embora mar adentro.

Bem, a coisa ficou preta. Vó Flowers ficou ainda mais louca. – Acha que vai fugir de mim, acha? – Ela resmungou. – Vai coisa nenhuma.

Enquanto isso, eu e os meninos morríamos de rir. A gente tinha se amontoado na varanda para assistir Vó se precipitar praia abaixo, berrando seus carinhos para Koro Apirana. – Volte aqui, seu velho *paka*! – É claro que ele não voltaria; então, a seguir, a velha senhora zarpou em direção ao *meu* barquinho. Antes que eu pudesse protestar, ela ligou o motor de popa e disparou rugindo atrás dele. Ficaram berrando aquela tarde inteira, um para o outro. Koro Apirana remava para um lado e para outro na baía, e Vó Flowers ligava o motor e acelerava atrás dele, gritando. Temos que admitir que a velha senhora era esperta mesmo, escolhendo logo um barquinho a motor. Por fim o velho Koro Apirana se deu por vencido. Ele não tinha a menor chance, realmente, porque Vó Flowers simplesmente amarrou a canoa no barquinho e o puxou de volta até a praia, quisesse ele, ou não.

Tudo isso foi oito anos atrás, quando Kahu nasceu, mas eu me lembro como se fosse ontem, especialmente da briga entre nosso Koro e Vó Flowers. O problema era que Koro Apirana não conseguia conciliar suas crenças tradicionais maori, sobre liderança e direitos, com o nascimento de Kahu. De acordo com os costumes maori, o título de chefe é hereditário, e normalmente o manto do prestígio passaria de primogênito a primogênito. O problema, nesse caso, é que havia uma primogênita.

– Pra mim ela não serve –, Koro costumava resmungar. – Não mesmo. Não quero ter nada a ver com ela. É bom aquele inútil do Porourangi ter um menino da próxima vez.

Afinal, toda vez que Vó Flowers trazia o assunto à tona, Koro Apirana amarrava a cara, cruzava os braços, dava as costas para ela e cuidava de outra coisa.

Uma vez eu estava na cozinha quando aconteceu. Vó Flowers fazia pão de forno na grande mesa e Koro Apirana fingia não ouvi-la, então ela se dirigiu a mim.

– Acha que sabe tudo –, ela resmungou, balançado a cabeça na direção de Koro Apirana. *Bang*, seus punhos batiam a massa. – Aquele velho *paka*. Acha que sabe tudo sobre ser chefe –. *Slap*, fazia o pão que ela jogava na mesa. – Ele não é chefe coisa nenhuma. Eu sou o chefe dele –, ela enfatizou para mim, e então, por cima dos ombros dirigindo-se a Koro Apirana, – e melhor você não esquecer, viu –. *Squelch*, faziam os dedos que ela enfiava na massa.

– *Te mea, te mea* –, disse Koro Apirana. – *Tá, tá, tá*.

– Não se atreva a gozar de *mim* –, Vó Flowers respondeu. *Ui*, fazia o pão que ela achatava com os braços. Ela me olhou rispidamente e disse: – Ele sabe que eu tenho razão. Ele sabe que sou descendente da velha Muriwai, e ela foi a maior dos chefes da minha tribo. Isso mesmo –. *Socorro*, disse a massa socada e cutucada e esticada e estrangulada. – Eu deveria ter dado ouvidos para minha mãe quando ela me dizia para não casar com ele, o velho *paka* –, ela disse, lançando mão de seu bordão dramático.

Pelo canto do olho, eu podia ver Koro Apirana resmungando sarcasticamente para si mesmo.

– Mas *desta* vez –, disse Vó Flowers, apertando a garganta do pão entre as duas mãos, – eu vou *mesmo* me divorciar dele.

Koro Apirana levantou as sobrancelhas, fingindo que não era com ele. – *Tã, tá, tá* –, ele disse. – *Te mea*.

Aí Vó Flowers acrescentava com um brilho nos olhos: – E é mesmo dessa vez que vou morar com o velho Waari lá em cima do morro.

Pensei comigo mesmo, *Oh-oh, tá na hora de dar o fora*, porque Koro Apirana sempre tivera ciúmes do velho Waari, que fora o primeiro namorado de Vó Flowers, durante anos. Mal deu para eu passar da porta, que a batalha começou. *Seu covarde*, disse a massa enquanto eu saía de fininho.

4

Mas aquilo não fora nada comparado com a briga que eles tiveram quando Porourangi ligou um dia depois do nascimento para dizer que ele gostaria de chamar a recém-nascida de Kahu.

— O que há de errado com Kahu? — perguntou Vó Flowers.

— Eu conheço teus truques —, disse Koro Apirana. — Você andou falando com Porourangi pelas minhas costas, instigando-o.

Isso era verdade, mas Vó Flowers disse: — Quem, eu? — Ela ficou piscando os olhos com ar inocente.

— Você se acha esperta —, disse Koro Apirana — mas não pense que vai dar certo.

Dessa vez, quando saiu mar adentro para desabafar a raiva, ele pegou *meu* barquinho, aquele com motor.

— Imagina se me importo —, disse Vó Flowers. Mais cedo, aquele dia, ela tinha sido sacana o suficiente para tirar metade da gasolina do tanque de forma que ele não conseguisse voltar. Ele ficou a tarde toda gritando e fazendo sinais, mas ela fez de conta que não ouvia. Então Vó Flowers saiu remando para buscá-lo, deixando claro pra ele que quem estava no controle era ela. Ela tinha ligado para Porourangi e dito que o nome do bebê podia ser Kahu, em homenagem a Kahutia Te Rangi.

Eu podia entender, na verdade, porque o velho estava tão contra a ideia. Para começar Kahutia Te Rangi era um nome masculino, e além de tudo era o nome do ancestral de nossa aldeia. Que Koro Apirana achava que dar para a menina o nome de um fundador da nossa tribo seria diminuir o prestígio de Kahutia Te Rangi.

Daquele dia em diante, cada vez que Koro Apirana passava ao lado do centro comunitário ele olhava a imagem de Kahutia Te Rangi cavalgando a baleia e sacudia a cabeça amargurado. Então ele dizia para Vó Flowers: – Você passou da conta, querida. Você não deveria ter feito isso –. Temos que reconhecer que a própria Vó Flowers parecia sentir-se culpada.

Eu acho que o problema era que Vó Flowers sempre "passava da conta". Mesmo que tivesse passado a fazer parte da nossa tribo através do casamento, a referência constante dela era *sua* própria antepassada, Muriwai, que chegara à Nova Zelândia na canoa *Maataatua*. Quando a canoa chegou perto de Whakatane, que fica bem longe do nosso vilarejo, os irmãos de Muriwai, todos eles chefes, liderados por Toroa, desembarcaram para explorar a terra. Enquanto estavam fora, contudo, o mar ficou bravo e a correnteza levou a canoa tão perto das rochas que Muriwai entendeu que todos a bordo iriam morrer com certeza. Então ela cantou preces especiais, suplicando aos Deuses para lhe concederem o direito e abrir o caminho para ela assumir o comando. Então ela gritou: — *E-i! Tena, Kia whakatane ake au i ahau!* Agora eu vou me tornar homem —. Ela chamou a tripulação e ordenou que começassem a remar com toda a força, e a canoa ficou salva no mesmo instante.

— Se Muriwai não tivesse feito aquilo —, Vó costumava dizer, — a canoa teria naufragado —. Em seguida ela erguia os braços e dizia: — E eu tenho orgulho do sangue de Muriwai que corre em minhas veias.

— Mas isso não te dá o direito —, Koro Apirana lhe disse uma noite. Ele se referia, é óbvio, ao fato de ela ter aprovado o nome de Kahu.

Vó Flowers virou-se para ele e lhe deu um beijo na fronte. — *E Koro* —, ela disse suavemente — eu rezei muito a respeito. O que está feito está feito.

Olhando para trás, eu suspeito que a iniciativa de Vó Flowers só serviu para endurecer o coração de Koro Apirana contra a sua primeira bisneta. Mas Vó ainda escondia algo do velho.

— Não é Porounrangi que quer para a menina o nome de Kahu —, ela me contou. — é Rehua —. Ela me confidenciou que teria havido complicações durante o nascimento de Kahu e, em consequência, o parto fora uma cesariana. Rehua, enfraquecida e assustada depois do nascimento, quis honrar o seu marido e escolheu um nome do povo *dele* e não dela. Assim, se ela morresse, pelo menos seu primeiro filho estaria ligado ao povo e à terra do pai. Rehua vinha da mesma tribo que Vó Flowers e tinha nas veias aquele mesmo sangue de Muriwai, assim não é de estranhar que conseguisse sempre convencer Porourangi.

Então, dois dias depois, Porourangi ligou pela terceira vez. Rehua estava ainda em terapia intensiva e Porourangi tinha que ficar com ela, mas aparentemente ela queria que a bolsa e o cordão umbilical do nascimento de Kahu fossem enterrados no *marae* do nosso vilarejo. A tradição pedia que fossem enterrados; Rehua escolhera o principal ponto de encontro de Whangara. Uma tiazinha nossa iria trazer de volta para Gisborne o cordão umbilical, que o hospital havia acondicionado num envelope lacrado, no avião do dia seguinte.

Koro Apirana estava irremovível em sua oposição a Kahu.

– Ela é do sangue de Porourangi e do teu –. Disse-lhe Vó Flowers. – Ela tem direito de ter o cordão umbilical nesse chão.

– Então faça isso você mesma – disse Koro Apirana.

Foi assim que Vó Flowers me pediu ajuda. O dia seguinte era sexta-feira, e ela vestiu suas roupas formais pretas e colocou um lenço sobre seus cabelos grisalhos. – Rawiri, eu quero que você me leve para a cidade – ela disse.

Eu pertencia a uma gangue de motoqueiros chamada Headhunters (caçadores de cabeças) e fiquei um tanto preocupado que Vó quisesse que eu a levasse em minha moto. Afinal, ela não é exatamente um peso-pena. – Tudo bem –, eu disse, sem ter o que fazer. Então tirei minha moto do abrigo, mostrei--lhe como sentar-se atrás de mim, vesti nela minha jaqueta dos Headhunters para mantê-la aquecida, e saímos acelerando.

Enquanto cruzávamos a praia de Wainui, alguns outros Headhunters juntaram-se a nós. Pensei, *vou dar um calafrio em Vó Flowers percorrendo a rua principal.*

Bem, eu acho que Vó Flowers simplesmente adorou aquilo. Ali estava ela, sendo escoltada como uma rainha entre a multidão da sexta-feira, fazendo sinal para todos com uma mão e se agarrando firme com a outra. Tivemos que parar no semáforo de Peel Street, e eu e meus amigos ficamos roncando nossos motores só para ela. Alguns velhos amigos da Vó estavam atravessando a rua; quando a avistaram no meio da fumaça azul, quase engoliram suas dentaduras.

— Oh, meu Deus, quem é essa? — disseram.

Ela sorria de forma soberana. — Eu sou a Rainha dos Headhunters —. Naquele ponto eu estava cada vez mais preocupado com meus amortecedores, mas não pude me impedir de ficar orgulhoso da Vó. Quando voltamos a acelerar, ela estendeu seu dedinho, como se estivesse tomando uma taça de chá, e gritou: — Tchã-tchã!

Mas na hora de encontrar a tiazinha no aeroporto, o astral de Vó Flowers mudou. Estávamos olhando desde a estrada quando a tia desceu do avião. Ela começou a chorar e Vó também. Elas ficaram chorando por pelo menos dez minutos antes da nossa tia passar o cordão umbilical para Vó. Então a tia escoltou Vó até nós e nos beijou a todos e abanou dando adeus.

— Leve-me de volta para Whangara por um caminho discreto —, pediu Vó. — Não quero que as pessoas da cidade me vejam chorando.

Assim foi que Vó e eu e meus amigos retornamos para a vila, com Vó ainda aflita.

Ela disse para mim: – Rawiri, você e os garotos terão de me ajudar. Seu avô não virá. Vocês são os homens que pertencem a Whangara.

A noite estava caindo rapidamente. Seguimos Vó enquanto ela dava voltas na frente do centro comunitário. Ela deu uma rápida olhada em volta para ter certeza que não havia ninguém olhando para nós. O mar assobiava e se arremessava por entre suas palavras.

– Aqui é onde ficará o cordão umbilical, em vista de Kahutia Te Rangi, de quem Kahu recebeu o nome –, ela disse. – Possa ele, o grande antepassado, vigiá-la sempre. E que o mar de onde ele veio a proteja sempre em toda sua vida.

Vó Flowers começou a cavar um buraco na terra solta. Enquanto colocava nele o cordão, ela formulou uma prece. Quando acabou, tinha escurecido.

Ela disse: – Vocês são os únicos que sabem onde o cordão de Kahu foi enterrado. É um segredo entre vocês e eu. Vocês se tornaram os guardiões dela.

Vó nos levou a uma torneira para lavarmos as mãos e respingar--nos com água. Bem quando estávamos passando o portão, vimos acender-se a luz no quarto de Koro Apirana, lá longe. Ouvi Vó murmurar na escuridão: – Não se preocupe, Kahu. Quando você crescer ele vai ver. Você vai dar um jeito no velho *paka*.

Olhei para trás para o lugar onde enterramos o cordão de Kahu. Naquele momento, a lua surgiu e iluminou em cheio a figura entalhada de Kahutia Te Rangi em cima da baleia. Vi alguma coisa voando no ar. Parecia uma pequena lança.

Então, lá longe no mar, ouvi o canto de uma baleia.

Hui e, haumi e, taiki e.

Que seja feito.

Verão

O Voo de Alcione

5

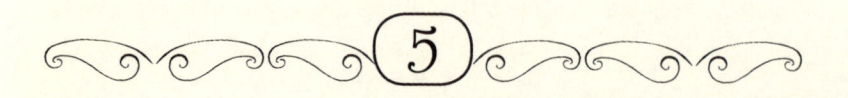

Uia mai koia whakahuatia ake, Ko wai te whare Nei e? Ko Te Kani! Ko wai te tekoteko keu runga? Ko Paikea, ko Paikea! Whakakau Paikea *hei*, Whakakau He taniwha *hei*, Ka u a Paikea ki Ahuahu, pakia, Kei te whitia koe, ko Kahutia Te Rangi, *aue*, Me awhi o ringa kit e tamahine, A te Whironui, aue, Nana I noho Te Roto-o-Tahe, aue, aue, He Koruru koe, koro e!

Quatrocentas léguas da Ilha de Páscoa. Te Pito o te Whenua. Partículas de luz brilhavam nas profundezas azul cobalto do Pacífico. O baleal, formado por uns sessenta indivíduos, liderado pelo velho macho, seguia a rota computada por ele nos vastos bancos de sua memória. As fêmeas mais velhas ajudavam as jovens mães, pastoreando os recém-nascidos, em sua primeira viagem fora do berço cetáceo. Lá longe na frente e atrás, os jovens machos guardavam o horizonte. Cabia a eles prevenir o baleal do perigo, vindo não de outras criaturas marinhas, mas da maior ameaça de todas – o ser humano. A cada vez que avistavam aquele perigo, ululavaam o alarme para o líder. Tinham crescido na dependência de sua memória das catedrais submarinas onde podiam se refugiar, às vezes por vários dias, até os humanos irem embora. Uma enorme catedral dessas encontra-se lá no fundo do mar num lugar conhecido como Umbigo do Universo.

Contudo, não fora sempre assim, o velho macho lembrava. Antigamente, surgira um mestre da época de ouro que o subjugara com o som da flauta. Depois, o mestre costumava usar uma grande concha para urrar suas ordens para o cetáceo a qualquer distância. Da mesma forma que crescia a comunicação entre eles, crescia a compreensão e o amor mútuo. Embora o jovem macho já tivesse mais de doze metros, seu mestre tinha começado a nadar ao lado dele no mar.

Então um dia seu mestre montou nele impetuosamente e tornou-se o cavaleiro da baleia. Em êxtase, o jovem macho saiu a toda velocidade para as águas profundas e, sem prestar atenção aos gritos de medo do mestre, lançou-se, de repente, num mergulho quase vertical, com o rabo abanando o céu. Naquele primeiro mergulho, ele quase matara a única outra criatura que amava.

Enquanto relembrava tudo isso, o velho macho começou a chorar seu pesar em ondas sonoras de desespero incontrolável. Não houve nada que as velhas fêmeas pudessem fazer para dar termo à sua tristeza. Quando os jovens machos avistaram presença humana no horizonte, precisaram de todo seu poder de raciocínio para impedir seu líder de se precipitar como uma flecha rumo à fonte do perigo. De fato, precisaram de muita persuasão para convencê-lo a levá-los para o refúgio submarino. Ainda assim, eles percebiam de forma ineluctável que o velho já começara a afundar na origem de sua tristeza e nos devaneios perturbadores de sua juventude.

6

Três meses depois do nascimento de Kahua, sua mãe, Rehua, morreu. Porourangi trouxe ela e Kahu de volta para nossa vila, onde o funeral foi realizado. Quando a mãe de Rehua perguntou se ela e seu povo poderiam criar Kahu, Vó Flowers objetou drasticamente. Mas Porourangi disse: – Deixe ela ir –, e Koro Apirana disse: – Sim, que seja como Porourangi quer –, e assim a vontade dele prevaleceu sobre a dela.

Uma semana depois, a mãe de Rehua levou Kahu de nós. Eu estava lá quando isso aconteceu. Enquanto Porourangi chorava, Vó estava estranhamente tranquila. Ela agarrou Kahu, seu pequeno rosto como de um golfinho, a apertou e beijou.

– Não tenha medo, menininha –, disse à pequena Kahu. – Seu cordão umbilical está aqui. Onde quer que você vá, você sempre voltará aqui. Nunca te perderemos –. Foi então que fiquei maravilhado com a sabedoria dela e de Rehua de inserir a criança na nossa genealogia por meio do nome e de garantir seus laços com nossas terras.

Nossa genealogia, é claro, é a genealogia do povo de Te Tai Rawhiti, o povo da Costa Leste; Te Tai Rawhiti de fato significa "o lugar banhado pela maré oriental". Lá longe além do horizonte está Hawaiki, a ilha ancestral que foi nossa pátria, o lugar dos Antepassados e dos Deuses, e o outro lado do mundo. Entre os dois está o imenso continente marinho, ininterrupto, que chamamos de Te Moana Nui a Kiwa, o Grande Oceano de Kiwa.

O primeiro dos Anciões e antepassados viera do leste, seguindo os caminhos feitos pelo sol nascente no oceano. Em nosso caso, nosso ancestral era Kahutia Te Rangi, que era um grande chefe em Hawaiki. Naquela época, o ser humano tinha poder sobre as criaturas da terra e do mar, e Kahutia Te Rangi veio para cá nas costas de um cachalote. É por isso que nosso centro comunitário tem em cima uma escultura de madeira de Kahutia Te Rangi montado num cachalote, que proclama o orgulho em nosso ancestral e reconhece sua importância para nós.

Naquela época, já havia gente morando nesta terra, viajantes mais antigos que vieram de canoa. Mas a terra não fora abençoada para que pudesse florescer e frutificar. Outras tribos em Aotearoa têm suas próprias histórias de grandes chefes e sacerdotes que naquela época chegaram para abençoar seus territórios tribais; nossa bênção também foi trazida por chefes e sacerdotes, e Kahutia Te Rangi era um deles. Ele veio cavalgando pelo mar montado na baleia, e trouxe consigo as forças vitais que nos permitiram viver em total comunhão com o mundo. As forças vitais, na forma de lanças, vinham das Casas de Sabedoria chamadas Te Whakaeroero, Te Rawheoro, Rangitane e Taere Nui a Whatonga. Elas eram os presentes daquelas casas em Hawaiki para a nova terra. Elas eram muito especiais porque, entre outras coisas, ensinavam o homem a falar com os bichos e as criaturas do mar, para que todos pudessem viver juntos, ajudando uns aos outros. Elas ensinavam *unicidade*.

Kahutia Te Rangi alcançou a terra em Ahuahu, perto do que hoje é nossa vila, nas primeiras horas da manhã. Para celebrar sua viagem, ele ganhou um novo nome, Paikea. Na hora em que ele tocou a terra, a estrela Poutu-te-rangi estava surgindo por trás de nossa montanha sagrada, Hikutangi. A paisagem lembrou a Paikea o lugar de seu nascimento lá em Hawaiki, assim ele deu o nome de Whangara Mai Tawhiti para sua nova pátria, que encurtaremos para Whangara. Todos os outros lugares ao redor daqui receberam também nomes de promontórios, de montanhas, de rios parecidos com os de Hawaiki — Tawhiti Point, o Rio Waiapu e Tihirau Mai Tawhiti.

Era mesmo nessa terra que o destino de Paikea o esperava. Casou-se com a filha de Te Whironui, e eles frutificaram e tiveram um monte de filhos e netos. E todos viviam nas terras em volta da casa da família, cultivando pacificamente suas hortas de batatas doces e verduras e mantendo bem viva a herança de seus antepassados.

Quatro gerações depois, veio o grande ancestral Porourangi, e o nome de meu irmão é em homenagem a ele. Sob sua liderança, as linhagens de descendentes de todos os povos de Te Tai Rawhiti foram unificadas no que agora conhecemos como a confederação Ngati Porou. Seu irmão mais jovem, Tahu Potiki, fundou a confederação de Kai Tahu na Ilha do Sul.

Muitos séculos depois, o título de chefe passou para Koro Apirana e, depois dele, para meu irmão Porourangi. Então Porourangi teve uma filha a quem deu o nome de Kahu.

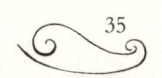

~~~~~~~~~~~~~~~

Isto foi oito anos atrás, quando Kahu nasceu e então foi levada para viver com o povo de sua mãe. Duvido que qualquer um de nós se desse conta de quão significativa ela se tornaria em nossas vidas. Quando uma criança está crescendo em outro lugar, não dá para ver os pequenos sinais que mostram o quão diferente ela é, alguém predestinado. Como eu disse antes, estávamos todos olhando para o outro lado.

Oito anos atrás eu tinha dezesseis anos. Agora tenho vinte e quatro. Eu e minha turma ficamos ainda vadiando e, embora algumas namoradas tenham tentado de todas as formas me afastar dela, meu primeiro amor ainda é minha moto. Uma vez motoqueiro, sempre motoqueiro. Relembrando, pra ser honesto, posso dizer que eu e a turma nunca esquecemos Kahu. Apesar de tudo, nós fomos aqueles que trouxemos de volta para Whangara o cordão umbilical dela, e somente nós e Vó Flowers sabíamos onde estava enterrado. Nós éramos os guardiões de Kahu; toda vez que eu passava perto do lugar onde seu cordão estava, podia sentir um pequeno puxão na minha jaqueta de motoqueiro e uma voz dizendo: "Ei, Tio Rawiri, não me esqueça." Eu contei isso para Vó Flowers certa vez e os olhos dela brilharam de emoção.

– Embora Kahu esteja muito longe de nós, ela nos faz saber que pensa em nós. Qualquer dia desses ela vai voltar.

De fato, quando Kahu tinha quase dois anos, Porourangi foi buscá-la e a trouxe de volta para umas férias. Naquela época, ele acabava de voltar da Ilha do Sul para morar em Whangara e trabalhar na cidade. Koro Apirana estava secretamente feliz com essa solução, depois de esperar por tanto tempo a ocasião para repassar sua sabedoria e conhecimentos para Porourangi. Qualquer dia desses meu irmão se tornará o grande chefe. De repente, durante um exercício cultural no centro comunitário, Porourangi olhou para nosso ancestral Paikea e disse a Koro Apirana: — Estou sentindo muito a falta de minha filha e imagino que ela se sinta muito sozinha —. Koro Apirana não disse uma palavra, provavelmente esperando que Porourangi fosse esquecer sua solidão. Vó Flowers, entretanto, rápida como um raio, disse: — Oh, coitadinho. O que você deveria fazer é trazê-la de volta para umas lindas férias com o bisavô —. Todos sabíamos que ela estava pregando uma peça no Koro Apirana. Dava para perceber que *ela* também sentia a falta da bisneta que estava tão longe dela.

No que diz respeito a Kahu, quando ela ficou com Koro Apirana, babou nele todinho. Porourangi acabava de entrar na nossa casa com sua filha, e Vó Flowers, vesga de alegria, agarrara Kahu para um enorme abraço. Então ela enfiou Kahu nos braços de Koro Apirana antes de ele poder dizer não.

— Oh, não — disse Koro Apirana.

— Uma pequena babada nunca fez mal pra ninguém — zombou Vó Flowers.

– Não é por este lado que estou me preocupando – resmungou ele, levantando as cobertas de Kahu. Nós rimos, porque Kahu tinha "babado" pelo outro lado também.

Relembrando, posso dizer que aquela primeira reunião de família com Kahu foi cheia de calor e amor. Era surpreendente o quanto Kahu e Koro Apirana se pareciam um com o outro. A única diferença era que ela o amava mas ele não. Ele a devolveu para Vó Flowers e ela começou a chorar, se jogando para ele. Mas ele virou-se e saiu de casa.

– Liga não, Kahu – arrulhou Vó Flowers. – Ele vai voltar –. O problema foi, contudo, que ele não voltou.

Acho que a atitude de Koro Apirana pode ser explicada de várias formas. Por um lado, ele e Vó Flowers tinham ambos passado dos setenta, e se Vó Flowers ainda adorava seus netos, Koro Apirana já se cansara deles. Por outro lado ele era o grande chefe da tribo e estava, talvez, mais preocupado com os vários problemas graves que ameaçavam a sobrevivência do povo maori e da nossa terra. Mas mais que tudo, ele não queria que o filho mais velho da geração de Kahu fosse uma menina; o que ele queria era um menino como filho mais velho, alguém mais adequado para quem ensinar as tradições da tribo. Na época não sabíamos ainda, mas ele já tinha começado a procurar tal menino em outras famílias.

Kahu também não sabia disso, então, obviamente, seu amor por ele permanecia inalterável. Era só vê-lo, que ela tentava sentar-se em seu colo e babar mais um pouquinho para chamar a atenção dele.

— Esta criança está com fome — costumava dizer Koro Apirana.

— Sei! — Vó Flowers então virava para nós. — Ela está com fome *dele*, o velho paka. Fome do amor dele. Falando nisso, eu deveria é divorciar-me e encontrar um marido bem jovem —. Ela e todos nós ficávamos tentando conquistar Kahu, mas não tinha jeito, aquele que ela amava mesmo era um velho careca e sem dentes.

Naquela época ainda não havia nada de especial em Kahu que nos chamasse atenção. Mas aí aconteceram dois pequenos eventos. O primeiro foi quando descobrimos que Kahu adorava a comida maori. Vó acabava de dar a ela uma colherada de milho fermentado, e no minuto seguinte Kahu comeu tudo o que tinha. — Esta criança parece uma volta ao passado — disse Vó Flowers. — Ela não gosta de leite nem de bebidas quentes, somente água fresca. Ela não gosta de açúcar, somente de comida maori.

O segundo evento ocorreu numa noite em que Koro Apirana liderava uma reunião da tribo no centro comunitário. Ele convocara todos os homens para participar, incluindo a mim e minha turma. Nós nos apertamos dentro da sala, e depois da oração e de um discurso de boas-vindas, ele passou ao que interessava. Disse que queria começar um período de instrução sistemática para os homens para eles aprenderem sobre nossa história e nossas tradições. Somente os homens, ele acrescentou, porque homens são sagrados. É claro que a educação não poderia ser como nos velhos tempos, não tão rigorosa, mas a finalidade seria a mesma: manter vivo o idioma maori, e reforçar a coesão da tribo. Era da maior importância, ele disse, que assimilássemos tudo isso. As aulas aconteceriam no centro comunitário e começariam na semana seguinte.

Naturalmente nós todos concordamos. Então, na atmosfera relaxada que sempre segue uma conversa séria, Koro Apirana nos contou sobre sua própria iniciação muitos anos antes sob a orientação de um sacerdote. Uma história após outra, ficamos todos intrigados porque a instrução tinha principalmente a forma de testes ou desafios pelos quais ele teve que passar: testes de memória, como decorar longas linhagens genealógicas; testes de destreza, sabedoria, força física e psicológica. Entre eles um mergulho nas águas profundas para trazer de volta uma pedra esculpida atirada pelo sacerdote.

— Havia tantas provas — disse Koro Apirana — e algumas delas eu nem entendia. Mas o que sei é que aquele antigo sacerdote tinha mesmo o poder de falar com os animais da terra e do mar. Infelizmente, nós hoje perdemos esse poder. Por fim, ao final de meu treinamento, ele levou-me para dentro de sua cabana. Esticou o pé e, apontando para seu dedão, disse: "Morde!" Isso fazia parte do ritual para transferir seus poderes para mim. Então eu mordi, e...

De repente Koro Apirana se interrompeu. Parecia não acreditar no que estava acontecendo. Tremendo, ele olhou embaixo da mesa, e todos nos precipitamos para fazer o mesmo. Kahu estava lá. De alguma forma, ela conseguira entrar engatinhando na sala. Os dedos dos pés de Koro Apirana deviam parecer mesmo muito gostosos para ela, já que lá estava ela, mordendo o dedão dele, emitindo pequenos grunhidos enquanto brincava com o dedão, como um cachorrinho com um osso. Então ela levantou os olhos e a expressão de seu olhar parecia dizer: "Nem pense que vai *me* deixar fora disso."

Ainda ríamos contando isso para Vó Flowers.

– Não vejo graça nenhuma – disse ela sarcasticamente – Kahu poderia se intoxicar com isso. Mas foi bom ela ter dado uma mordida no velho.

Koro Apirana, por seu lado, também não achou graça nenhuma, e agora eu entendo porquê.

7

A segunda vez que Kahu nos visitou ela tinha dois anos. Veio com Porourangi, que estava com uma linda mulher chamada Ana. Parecia que estavam apaixonados. Mas Vó Flowers só tinha olhos para Kahu.

— Graças a Deus — disse Vó Flowers depois de abraçar Kahu — parece que finalmente teus cabelos cresceram.

Kahu deu uma risadinha. Ela tinha se tornado uma menininha brilhante, de olhos de jabuticaba e pele luminosa. Ela quis saber onde estava seu bisavô.

— O velho paka — disse Vó Flowers. — Ele foi para Wellington por conta do Conselho maori. Mas volta de ônibus esta noite. Iremos buscá-lo.

Todos achamos graça em ver Kahu tão aflita para ver Koro Apirana. Ela não parou um instante até chegarmos à cidade. Compramos para ela um refrigerante mas ela não quis e preferiu água. Então, quando o ônibus chegou e Koro Apirana desembarcou junto com outras autoridades do Conselho, ela correu para ele gritando alto sua contagiosa alegria. Acho que era até previsível, mas mesmo assim foi uma surpresa ouvir a forma como ela o acolheu. Quanto a ele, ficou plantado no lugar como se tivesse sido atingido por um raio, procurando em volta algum lugar onde sumir.

Todos perceberam o constrangimento e a vergonha dele, enquanto ela voava para seus braços, gritando: – Oh, *Paka*. Você casa agora, seu *Paka*. Oh, *Paka*!

Ele colocou a culpa de tudo isso em nós, e tentou persuadir Kahu a chamá-lo de "Koro", mas *Paka* era e *Paka* se tornou para sempre.

~~~~~~~~~~~~

Sendo um grande chefe, Koro Apirana era sempre convidado para nos representar em eventos e reuniões em todo o país. Tinha a reputação de ser severo e tirânico, e por isso muita gente tinha medo dele. – Ha – Vó Flowers zombava da fama dele – é a *mim* que eles deveriam peitar pra saber o que é ter medo –. Mas apesar de certa raiva, eu e minha turma não podíamos deixar de admirar o velho cara. Podia não ser justo o tempo todo, mas era um grande defensor do povo maori. Nosso apelido para nosso Koro era "Super Maori" porque, para nós, ele era mesmo a versão maori do Super-Homem, e ainda hoje, as cabines de telefone me fazem lembrar dele. A gente sempre brincava: – Se precisarem de um líder para seu povo, chamem Super Maori. Se quiserem um homem para lutar pelos direitos dos maori, é só discar Whangara 214K. Se quiserem alguém que não tenha medo de defender a terra e a cultura maori, liguem para o Homem de Aço Maori –. Ninguém conseguiria mandar nele. – Para o bem ou para o mal – acrescentava Vó Flowers.

A reunião da qual Koro Apirana participara fora sobre a criação de Kohanga Reo, ou seja, "ninhos de idioma", onde as crianças teriam condições de aprender a língua maori. A versão para adultos seria a escola do idioma, a instrução regular do tipo que Koro Apirana já estabelecera um ano antes em Whangara. Embora a gente não tivesse aprendido tanto assim, eu e a turma gostávamos mesmo das aulas todo fim de semana. Logo ficou claro que Kahu também. Ela engatinhava escondida até a porta do centro comunitário e ficava assistindo.

– Cai fora – Koro Apirana trovejava. A cabecinha de Kahu sumia instantaneamente. Para reaparecer devagarzinho, como um ouriço cheio de espinhos. Eu suspeito que Kahu escutava e assimilava muito mais do que nós acreditávamos. Tenho certeza que ela estava aí quando nos ensinaram que antigamente o ser humano era capaz de falar e de se comunicar com as baleias. Afinal, Paikea teve que dizer para sua baleia para onde ir.

~~~~~~~~~~~~~~~

A baleia sempre deteve um lugar especial na ordem das coisas, mesmo antes daqueles tempos de Paikea. Isso era nos primórdios, depois que o Pai Céu e a Mãe Terra foram separados, quando os filhos divinos de ambos pais dividiram entre eles os vários Reinos da Terra. Foi o Senhor Tangaroa quem ficou com o Reino do Oceano; era o segundo na hierarquia depois do Senhor Tane, o Pai do Homem e das Florestas, e assim eles estabeleceram o estreito parentesco entre o ser humano e os habitantes do oceano, e entre a terra e o mar. Essa foi a primeira comunhão.

Então o Senhor Tangaroa nomeou a tríade de Kiwa, Rona e Kaukau para auxiliá-lo em seu poder soberano: Kiwa seria o guardião do oceano do sul, Rona ajudaria a controlar as marés, e Kaukau para cuidar do bem-estar do povo do mar. Dois outros guardiões do Reino da Terra, Takaaho e Te Puwhakahara, fizeram um pedido especial para a tríade: seus descendentes receberam lagos para morar, mas eles preferiam a liberdade do mar. O pedido foi aceito, e foi assim que a tubarões e baleias foi concedido habitar o oceano.

Desde os primórdios, a baleia mostrou gratidão por sua liberdade, e é por isso que a família dos cetáceos, a *Wehengakauiki*, ficou conhecida por sua dedicação em salvar os homens perdidos no mar. A baleia responderia a cada apelo por socorro, desde que o marinheiro mostrasse a autoridade necessária e soubesse como falar com as baleias.

Mas enquanto o mundo envelhecia e o ser humano se afastava cada vez mais de seu estado divino, ele foi perdendo o poder de falar com as baleias, o poder de interconexão. Aos poucos o conhecimento da comunicação com as baleias se tornou dom de uns poucos eleitos. Um desses era nosso antepassado Paikea.

Então chegou o tempo de Paikea pedir para sua baleia levá-lo até nossa terra, lá longe ao sul, e assim foi feito.

Quanto à própria baleia, tem gente dizendo que ela foi transformada em uma ilha; olhando da estrada para Tolaga Bay, a ilha se parece mesmo com uma baleia sulcando as águas.

~~~~~~~~~~

Os anos foram passando, e os descendentes de Paikea aumentaram na terra e sempre homenageavam seu ancestral e a ilha baleia. Naqueles tempos ainda havia comunhão com os deuses e uma estreita relação entre os seres da terra e os seres do oceano. Sempre que os seres humanos desejavam cruzar a fronteira entre seu reino e aquele do oceano, eles prestavam homenagem a Tangaroa com oferendas de algas, peixes ou pássaros. E quando Tangaroa concedia ao homem boa pesca, o homem devolvia para o deus do oceano o primeiro peixe pescado em reconhecimento de que seu bem-estar se devia somente a Tangaroa. Da mesma forma, cerimoniais de respeito eram celebrados entre o ser humano e o mar. Por exemplo, a pesca era sagrada e por isso, as mulheres não podiam ir ao mar com os homens, e os territórios de pesca foram consagrados por rituais especiais para garantir sua abundância. E até o tubarão, naqueles tempos, ajudava o homem, a não ser que o homem tivesse transgredido uma lei sagrada.

Chegara o tempo em que o homem voltou-se contra o animal que fora seu companheiro, e a matança das baleias começou.

Naquela noite, depois da aula sobre baleias, voltando para casa encontrei Vó Flowers sentada na varanda com Kahu em seus braços, com a cadeira balançando pra frente e pra trás, pra frente e pra trás.

— Rawiri, o que aconteceu lá embaixo? — ela perguntou, com um gesto brusco da cabeça na direção do centro comunitário. Eu vi Kahu esfregando os olhos com seus pequenos punhos.

— Nada — respondi. — Por quê?

— Esta criança ficou chorando de cortar o coração — disse Vó Flowers. Ela fez uma pausa. — O velho Paka berrou para ela?

Desde o começo das aulas, Vó Flowers não parava de azucrinar Koro Apirana. Mesmo concordando que a instrução era necessária, ela não podia deixar de sentir como afronta a exclusão das mulheres. — Estas são as regras — Koro Apirana tinha lhe dito.

— Eu sei, mas regras são feitas para ser quebradas — ela replicou, bufando.

Assim, todo primeiro sábado do mês, ela começava de novo a atormentar Koro Apirana sobre a questão. — Tá, tá, tá — ele costumava dizer. — *Te mea te mea.*

— Não gritou para Kahu mais do que habitualmente — respondi. — Ele não gosta mesmo que ela fique por aí quando temos aula, só isso.

Vó Flowers apertou os lábios. Dava para perceber que a revolta estava pronta para estourar de dentro dela. Então ela disse para mim: — Bem, você leva esta criança para algum lugar, porque eu vou ter uma palavrinha com Koro Apirana quando ele voltar, o velho paka.

Tenho que admitir que fiquei revoltado, que ela me jogasse Kahu no colo daquele jeito. Tinha planejado levar Cheryl

Marie para o cinema. Então telefonei para ela para explicar que tinha que cuidar de um bebê.

– Ah, tá – Cheryl disse sarcasticamente. – Imagino que tem um metro e sessenta e olhos azuis – Cheryl tinha ciúme da minha amiga Rhonda Anne.

– Não – eu disse. – *Você* é que é minha baby. Olhos castanhos e mora na cidade.

Dá pra acreditar?, Cheryl bateu o telefone na minha cara. Então o que eu poderia fazer senão levar Kahu ao cinema, no lugar dela. A turma ficou morrendo de rir quando cheguei acelerando no Majestic com minha – namorada – substituta dentro da minha jaqueta de couro, mas as garotas adoraram. – Oh, ela não é uma gracinha? Olha que coisa fofa –. Sei! Dava pra ver de longe que as garotas estavam também avaliando o quanto eu tinha me tornado algo casável. Podem esquecer.

O filme já tinha começado. Não era um filme permitido para crianças, mas com a escuridão foi fácil entrar com Kahu. O que eu não tinha me dado conta é que, contudo, o filme era sobre a caçada a uma baleia pelas águas da Antártida. Tudo correu bem, na verdade, durante a maior parte do filme, porque Kahu logo dormiu. Ter ela toda enroladinha contra meu corpo me deu vontade de protegê-la, como um pai, imagino, e acho que meu laço de sangue em relação a ela foi selado naquela noite. Senti que eu teria que cuidar dela até o fim do mundo; de vez em quando, abria minha jaqueta e dava uma espiadinha naquele minúsculo rostinho, tão pálido na luz tremulante do filme. E um nó subia pela minha garganta e dizia pra mim mesmo: *Não, Kahu, eu jamais esquecerei você, nunca.*

Então a trágedia final do filme começou. A baleia, ferida, morrendo em seu próprio sangue. A trilha sonora se transformou, de repente, no som que emitia a baleia em seus espasmos de morte: ecos de longas frases de gemidos, que deviam ter sido gravadas em situações reais. O som era estranho e absurdamente triste. Não é de estranhar que quando olhei outra vez para Kahu ela tinha acordado, e lágrimas percorriam novamente sua carinha. Nem mesmo um pirulito ajudou a acalmá-la.

~~~~~~~~~~~~~~~~

Vó Flowers e Koro Apirana tinham acabado sua briga na hora que voltei pra casa, mas a atmosfera estava tão gelada quanto o panorama desolado da Antártida do filme.

— Vocês dois irão dormir no dormitório do centro comunitário essa noite — Vó Flowers disse-me, com um aceno de cabeça em direção a Koro Apirana. — Estou cheia dele. Pedirei divórcio amanhã, dessa vez de verdade —. Aí ela se lembrou de algo e, tomando Kahu de mim, deu um puxão em minha orelha. *Ui*. — Isso pra te ensinar a não levar minha netinha pra tudo que é lugar. Fiquei morrendo de medo. Pra onde você foi?

— Pro cinema.

— Pra assistir *um filme*? — *paf*, fez a mão aberta dela em cima da minha cabeça. — E depois?

— Descemos pra praia.

— Pra *praia*? — consegui escapar do tapa, mas não do *chute*, o pé dela foi para meu traseiro. — Não se atreva a fazer isso outra vez! — ela deu um apertão em Kahu e a levou consigo para o quarto de dormir do casal Apirana, e *bam*, bateu a porta.

Lembrei da Cheryl Marie. – Parece que não tivemos muita sorte esta noite – disse para Koro Apirana.

~~~~~~~~~~~~

No meio da noite, de repente me lembrei de algo. Tentei acordar Koro Apirana, roncando ao meu lado, mas só consegui que ele tentasse encostar em mim, resmungando – Flowers, minha querida –... Então eu me afastei rapidinho e fiquei lá sentado, fixando a lua brilhante pela janela.

Queria contar para Koro Apirana que ao voltar do cinema, fui com a turma até Point at Sponge Bay. O mar parecia uma folha de alumínio enrugada e alisada onde céu e mar se juntavam.

– Olhem! – um dos garotos gritou, apontando. – Pra lá. Orcas!

Foi uma visão realmente sobrenatural, ver as orcas sulcar silenciosamente o mar, inquietantes como um pesadelo.

Ainda mais arrepiante, contudo, foi que Kahu começou a soltar sons assustadores com a garganta. Eu poderia jurar que aqueles longos lamentos que ela emitia eram exatamente os mesmos que ouvimos no cinema. Parecia que ela estava alertando-as.

As orcas mergulharam de repente.

Hui e, haumi e, taiki e.

Que seja feito.

8

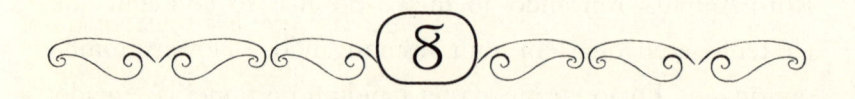

O verão seguinte, quando Kahu tinha três anos, foi seco e poeirento no litoral. Koro Apirana estava preocupado com nossa água potável e chegou ao ponto de avaliar a possibilidade de trazer água num caminhão pipa. Alguém da turma sugeriu que a melhor água é a cerveja DB e que o hotel lá em Tatapouri poderia entregá-la até de graça. Outro acrescentou que a gente teria que escoltá-la até Whangara porque, com certeza, iam querer sequestrá-la.

No meio daquela confusão das nossas vidas, Kahu trouxe um brilho especial. Koro Apirana estava rabugento como sempre com ela, mas agora que Porourangi estava novamente conosco e que as aulas granjeavam bastante meninos para que ele os ensinasse, ele parecia menos ressentido por ela ser uma menina e sua bisneta primogênita.

— Não culpe Kahu — Vó Flowers costumava rosnar. — Se o teu sangue não pode ganhar do meu sangue muriwai, o azar é teu.

— *Te mea te mea* — Koro Apirana repetia, como sempre. — Tá, tá, tá.

Koro Apirana estava especialmente de olho em três meninos de ascendência real, para os quais ele esperava passar o manto do conhecimento. E pelo canto do olho, Koro Apirana ficava observando que Porourangi e sua namorada Ana estavam gostando cada vez mais um do outro. Agora, *ela* é que *não* tinha sangue muriwai, então, quem sabe, Porourangi até poderia ter finalmente um filho homem.

Nessas condições, o amor que Kahu recebia de Koro Apirana era como migalhas de pão caindo pela borda da mesa depois que todo mundo se fartasse numa grande refeição. Mas Kahu nem parecia se importar. Ela corria aos braços de Koro Apirana sempre que ele tivesse um tempinho para ela e pegava qualquer coisa que ele tivesse para dar. Se ele lhe dissesse que amava cachorros, tenho certeza que ela teria latido, *au, au*. Ela o amava tanto assim.

O verão é sempre a época da tosquia para nós, e naquele verão a turma e eu conseguimos um contrato para tosquiar as ovelhas de fazendeiros locais do litoral. Nas primeiras manhãs que Kahu estava conosco, eu a via olhando para nós através da janela quando saíamos. Seus olhos pareciam dizer: — Ei, não se esqueça de mim, tio Rawiri —. Então uma manhã eu a fiz feliz da vida.

— Acho que vou levar Kahu para trabalhar comigo — eu disse para Vó Flowers.

— Ah, você não vai não — disse Vó Flowers. — Ela vai se machucar.

— Não, não. Ela ficará bem, né Kahu?

Os olhinhos de Kahu brilhavam: — Oh, *sim*. Posso ir, vovó?

— Está bem, então – Vó Flowers resmungou. Mas amanhã você terá que me ajudar na horta, tá bem?

Assim foi que Kahu tornou-se o mascote da minha turma, e aos poucos ficou cada vez mais normal para nós levá-la conosco onde quer que fôssemos – bem, na maioria dos lugares, e somente quando Vó Flowers não quisesse que ela a ajudasse no jardim.

Mas naquela noite eu estava muito encrencado com a velha senhora.

— Ei – ela disse, e *paf*, fez sua mão na minha cara. — O que você fez com Kahu no trabalho? Ela está exausta.

— Nada – guinchei. *Pou*, fez o punho dela no meu estômago. — Ela apenas nos ajudou a tosquiar as ovelhas e a varrer o chão e a prensar a lã e – *Paf*, fez a vassoura. — Sei – disse Vó Flowers. — E aposto que todos vocês bunda-moles enquanto isso estavam lá deitados fumando um bom baseado.

Não tinha como ganhar de Vó Flowers.

~~~~~~~~~~

Naquela época, as aulas faziam cada vez mais sucesso. Todos nós sentíamos a necessidade de entender e conhecer melhor nossas raízes. Mas Vó Flowers ainda reclamava sempre que tínhamos nossas reuniões. Ela ficava sentada com Kahu no colo, balançando na cadeira da varanda, olhando os homens que passavam a caminho do centro comunitário.

– Lá vai o Ku Klux Klan –, dizia sempre bem alto, para que todos nós pudéssemos ouvir.

Coitadinha da Kahu, ela não conseguia mesmo ficar longe das aulas. Ela sempre tentava ouvir o que estava sendo ensinado bisbilhotando na porta do centro comunitário.

– Vá embora – Koro Apirana trovejava. Mas a única aula que Kahu não podia mesmo bisbilhotar era quando Koro Apirana nos levava mar adentro numa pequena frota de barcos de pesca para uma aula sobre o mar.

– Na nossa vila – nos contava Koro Apirana – desde sempre, tentamos viver em harmonia com o reino de Tangaroa e os guardiões que cuidam dele. Costumamos fazer oferendas ao deus do mar para agradecer-lhe e quando necessitamos de seus favores, e recorremos a seus guardiões sempre que precisarmos de ajuda. Costumamos pedir que Tangaroa abençoe toda rede nova e cada fio de pesca. Sempre tentamos não levar comida conosco nos barcos quando pescamos por causa da natureza sagrada da nossa tarefa.

Nossa pequena frota estava saindo para o mar aberto.

– Nossos territórios de pesca sempre foram colocados sob a custódia e a proteção dos guardiões – dizia Koro Apirana. – Colocamos muitos altares talismânicos em sua honra. Assim os peixes ficam protegidos e são atraídos para nossas áreas de pesca, e dessa forma asseguramos um abundante abastecimento. Tentamos nunca pescar em excesso, não mais do que realmente precisamos, porque seria nos aproveitarmos de forma gananciosa de Tangaroa, e isso não passaria sem as devidas consequências.

Então alcançamos o mar aberto, e Koro Apirana fez sinal pra gente ficar perto dele.

– Cada um de nossos territórios de pesca, cada trecho da costa, cada rocha recebeu um nome próprio, e as lendas a respeito de cada um deles são celebradas em histórias, músicas e provérbios. Onde os territórios de pesca não tenham uma identificação local, como no caso de recifes ou pedras salientes, nos orientamos por meio de penhascos bem visíveis ou montanhas na costa. Olhem *lá* e *gravem*! Olhem *lá* e *gravem*! Foi assim que a gente sempre soube dos lugares onde pescar todas as espécies de peixes que conhecemos. Tentamos nunca invadir as áreas de pesca pertencentes a outros, porque os guardiões *deles* nos identificariam como intrusos.

Então a voz de Koro Apirana foi sumindo, e quando retomou a aula, suas palavras estavam carregadas de pesar e lástima:
– Mas nem sempre respeitamos nosso pacto com Tangaroa, e nesses dias de consumismo, nem sempre é fácil resistir às tentações. Era assim quando eu tinha a idade de vocês. E é assim agora. Há gente demais mergulhando de scuba, e pescadores com licenças comerciais demais. Nós temos que proibir o acesso aos nossos territórios de pesca, rapazes; senão vai acontecer o mesmo que com as baleias...

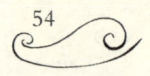

Por um momento, Koro Apirana hesitou. Lá longe no mar ressoava um som indistinto ecoando, como uma porta imensa se abrindo, uma recordação, a lembrança de algo mergulhando lá pro fundo. Koro Apirana protegeu os olhos do sol.

– Escutem, meninos – e sua voz estava como que possuída. – Escutem. Antigamente havia tantos dos nossos protetores. Agora só sobraram alguns poucos. *Ouçam quão vazio nosso mar ficou.*

~~~~~~~~~~~~

No final da tarde, depois da aula no mar, nos reunimos no centro comunitário. Os sons ecoando no mar aberto anunciaram a chegada de uma tempestade como uma fantasmagórica cortina avançando do horizonte. Enquanto entrava no centro comunitário, lancei um olhar lá para cima para nosso antepassado Paikea. Ele parecia levantar sua baleia através da chuva torrencial.

Koro Apirana nos conduziu numa oração para abençoar a escola. Então, depois das apresentações, nos contou dos tempos que trouxeram o silêncio para o mar.

– Eu era um menino de sete anos – começou ele, – quando fui ficar com meu tio que era um baleeiro. Eu era muito jovem para saber das coisas, e não podia saber naquela época, como sei agora, sobre nosso antepassado a baleia. Naquele tempo, caçar baleias era um dos maiores passatempos e, a cada vez que o vigia tocasse o sino, você podia ver os barcos pesqueiros lançarem-se ao mar, perseguindo a baleia. Qualquer coisa que você estivesse fazendo, largaria tudo, seu arado, sua tesoura de tosquia, seus livros escolares, *tudo mesmo*. Ainda lembro ficar olhando todo mundo subir até o posto de observação, como balões brancos. Fui atrás e vi, lá longe no mar, o grupo de baleias.

O som da chuva quase encobria suas palavras. – Eu nunca tinha visto algo tão maravilhoso –. Naquele momento gesticulou para descrever o que vira. – Então eu vi lá embaixo, em volta do molhe, as grandes pirogas sendo lançadas ao mar. Desci correndo atrás dos trapiches e os caldeirões já esquentavam nas fogueiras, prontos para ferver a gordura. De repente, meu tio gritou para que eu embarcasse com ele. E aí estava eu, saindo pro mar.

Vi uma cabecinha espetada espreitando pela porta. – Foi aí que eu vi as baleias realmente de perto – disse Koro Apirana. – Devia ter pelo menos sessenta delas. Nunca esqueci, nunca. Eram mesmo fascinantes. Elas eram tão poderosas. Nossa piroga chegou tão perto de uma delas que eu tive a oportunidade de estender a mão e tocar sua pele –. Sua voz emudeceu relembrando o espanto daquele momento. – Senti a vibração da potência através da pele dela. Parecia seda. Como algo divino. Então os arpões começaram a cantar pelo ar. Mas eu era pequeno, vocês sabem, e tudo o que sentia era excitação, como quando a gente executa uma dança de guerra.

Ele parou, hipnotizado: – Eu posso ainda lembrar que quando uma baleia é atingida pelo arpão, ela sempre luta com todas suas forças. Por fim, ela jorra sangue como uma fonte, e o mar se torna vermelho. Outros três ou quatro barcos a rebocam até a praia mais próxima, a cortam em pedaços e a carne, o óleo e tudo o mais são divididos entre todos. Quando começamos a arrancar a gordura da baleia na usina baleeira, todo o sangue escorreu para o canal. Enguias cegas subiam com a maré para beber o sangue.

Ouvi Kahu chorando no vão da porta. Fui em sua direção, e quando ela me viu jogou seus braços em torno do meu pescoço.

— Melhor você voltar pra casa — eu disse baixinho, — antes que Koro Apirana descubra que você está aqui.

Mas ela estava tão apavorada, fazendo uma espécie de miado com a garganta. Parecia paralisada de terror.

Lá dentro, Koro Apirana estava dizendo: — Quando todo o trabalho tivesse acabado, cortávamos enormes fatias de carne de baleia e as jogávamos sobre nossos cavalos para levarmos para casa.

De repente, antes que eu pudesse detê-la, Kahu desvencilhou-se de meus braços e correu para dentro do centro comunitário.

— Não, Paka, *não*! — ela gritou.

Ele ficou boquiaberto: — *Haere atu koe*! — ele gritou. — Vá embora daqui!

— Paka. Paka, não!

Rudemente, Koro Apirana andou até ela, a pegou pelos braços, e praticamente a jogou para fora: — Vá, vá embora daqui — repetiu. O mar trovejava como um mau agouro. A chuva caía como lanças.

~~~~~~~~~~

Kahu ainda estava chorando três horas depois. Vó Flowers ficou lívida quando ouviu o que acontecera.

— Você tem apenas que mantê-la longe do centro comunitário — disse Koro Apirana. — Isso é tudo o que tenho a dizer. Eu já tinha dito antes pra você. *E* pra ela.

— Culpa minha — Kahu chorava. — Amo Paka.

— Vocês, *homens* — disse Vó Flowers. — Eu posso te mostrar de onde é que *você* veio.

— Chega — disse Koro Apirana. Ele se precipitou para fora e acabou com a discussão.

Mais tarde, naquela noite, Kahu ainda estava soluçando sem parar. Eu acho que todos acreditávamos que ela ainda estava sentida porque gritaram com ela, mas agora sabemos a verdade. Ouvi Vó Flowers ir ao quarto de Kahu para confortá-la.

— Vai mais pra lá, Kahu — pediu carinhosamente Vó Flowers. Dá um espacinho pra sua vovozinha magricela. Ora, ora.

— Amo Paka.

— Então *fica* com ele, Kahu, porque amanhã mesmo vou me divorciar dele. Ora, ora —. Vó estava realmente sofrendo com a dor de Kahu. — Não liga não, não liga não. Você dará um jeito nele, no velho *paka*, quando for mais velha.

Fiquei escutando Vó Flowers por cima dos sibilos e rugidos da arrebentação. Depois de um tempinho, Kahu caiu no sono.

— Isso, isso — cantarolou Vó Flowers, — durma agora. E se você não conseguir dar um jeito nele — sussurrou — eu juro que eu vou.

Sibila e ruge. Recua e flui.

~~~~~~~~~~~~

Na manhã seguinte, entrei silenciosamente no quarto para dar a Kahu um carinho especial, só meu. Quando abri a porta, ela não estava. Fui ver no quarto de Koro Apirana e Vó Flowers, mas nem lá ela estava. Vó Flowers tinha empurrado Koro Apirana para o chão e se espalhado na cama toda para ter certeza de que ele não pudesse voltar.

Lá fora o mar estava calmo e sereno, como se a tempestade nem tivesse acontecido. No ar puro, ouvi uns gorjeios dialogando, vindos da praia. Vi Kahu lá longe, seu perfil contra a areia. Estava parada de frente pro mar, escutando vozes na arrebentação. *Lá, lá, Kahu. Lá, lá.*

De repente Kahu virou-se e me viu. Veio correndo como uma gaivota: – Tio Rawiri!

Aí eu vi três silhuetas prateadas saltando para dentro da aurora.

Outono

A Estação
da Baleia Cantante

9

Se você me perguntar o nome desta casa, eu lhe contarei. Chama-se Te Kani. E a figura entalhada no cume? É Paikea, é Paikea. Paikea nadou, *hei*. O deus do mar nadou, *hei*. O monstro do mar nadou. E Paikea, você desembarcou em Ahuahu. Você se tornou Kahutia Te Rangi, *aue*. Você deu teu abraço para a filha de Te Whironui, *aue*, que estava sentada na proa da canoa. *Aue, aue,* e agora você é uma figura esculpida, seu velho.

A trincheira no mar, Hawaiki. A Morada dos Deuses. A Casa dos Anciões. O bando de baleias pairava no mar dourado como régias aeronaves. Longe acima, a superfície do mar estava em chamas com o sol mergulhando do dia para a noite. Abaixo ficava a trincheira submarina. O grupo estava esperando por um sinal do velho líder para mergulhar entre as paredes protetoras das trincheiras e deixar a correnteza termal levá-los para longe da ilha conhecida como a Morada dos Deuses.

Mas seu líder estava ainda de luto. Duas semanas antes, o baleal estava se alimentando no Arquipélago de Tuamotu quando de repente um relâmpago de luz brilhante escaldara o mar, e gigantescas ondas sonoras concêntricas exerceram tanta pressão que os canais internos dos ouvidos das baleias ficaram sangrando[1]. Sete filhotes morreram. O velho cachalote lembrava que algo assim já acontecera; soltando um lamento de condenação, ele os guiou na fuga diante da maré mortal que sabia estar chegando. Durante aquela fuga precipitada, confusa e atordoada, deu tempo para ele perceber mais rachaduras no fundo do oceano, fraturas que revelavam danos graves debaixo da crosta da terra. Agora, algumas semanas depois, o líder ainda receava o nível de radiação na trincheira submarina. Ele tinha medo da contaminação vazando de Moruroa. E temia os efeitos genéticos da radiação submarina sobre o que sobrava do bando e dos filhotes naquele lugar que fora um dia, ironicamente, o útero do mundo.

As fêmeas mais velhas tentaram amenizar sua nostalgia, mas o velho cachalote não podia reter a avalanche de lembranças. Antigamente, aquele lugar fora de uma pureza cristalina. Fora o lugar da sua infância e de seu mestre dourado também. Depois daquele primeiro desastre sonoro, eles cavalgaram muitas vezes sobre a trincheira. Seu mestre dourado ensinara a baleia a tencionar músculos e tendões para formar na pele saliências onde agarrar com as mãos para que o cavaleiro pudesse subir na cabeça do cachalote. Uma vez lá em cima, outras contrações musculares formavam uma sela e dois estribos. E quando mergulhava, o cachalote segurava os tornozelos do mestre com a força de seus músculos e abria

---

1 O Arquipélago de Tuamoto pertence à Polinésia Francesa. Duas ilhas do arquipélago, Moruroa e Fangataufa, foram usadas pelo governo francês, em 1966 e 1968, para testar as primeiras bombas atômicas aéreas francesas. (N.T.)

um pequeno espaço para ele respirar, logo atrás do seu orifício de respiração. Com o tempo, tudo o que seu mestre precisava fazer era acariciar a nadadeira esquerda, e a baleia atendia.

De repente a trincheira submarina pareceu pulsar e rachar com um enxame luminescente. Uma rede de morte radioativa brilhava como uma galáxia. Pela primeira vez em todos seus anos de liderança, a velha baleia desviou de sua rota primordial habitual. O bando subiu para a superfície. Foi tomada a decisão de seguir para as águas silenciosas da Antártida. Mas as fêmeas mais velhas passavam de uma para outra seus temores porque as ilhas perigosas também ficavam naquelas paragens. Assim mesmo, elas seguiram seu líder sem discutir, fugindo da água envenenada. Elas tinham razão de se preocupar, porque o velho líder só podia cair em desespero agora que o centro da vida, o lugar dos deuses, se tornara um lugar de morte. O estrondo do bando a caminho atravessou o mar.

Haumi e, hui e, taiki e.

Que seja feito.

10

No ano seguinte, Kahu tinha quatro anos, e eu decidi que já era hora de eu sair para ver o mundo. Koro Apirana achou que era uma boa ideia, mas Vó Flowers não gostou nem um pouco.

– O que há de errado em Whangara? – ela disse. – Você tem o mundo todo aqui mesmo. Não há nada que você possa ter em algum outro lugar que não possa ter aqui. Você deve estar encrencado.

Balancei a cabeça: – Não, estou limpo – respondi.

– Então você deve estar fugindo de alguma garota –. Olhou-me com suspeita e cutucou minhas costelas. – Você fez alguma sacanagem, hein?

Eu neguei isso também. Rindo, levantei da cadeira e imitei a atitude de um caubói. – Vamos dizer, dona – disse com a voz arrastada, colocando a mão no coldre como se fosse sacar minha colt – que não há lugar nessa cidade pra nós dois –. Nos quatro meses seguintes, trabalhei em jornada dupla para guardar dinheiro para

minha passagem. A turma fez uma vaquinha para me oferecer uma fantástica festa de despedida. Minha namorada Joyleen Carol chorou baldes por minha causa. No aeroporto, pedi para Vó Flowers:
– Não esqueça de cuidar da minha moto.

– Não se preocupe – ela disse sarcasticamente. – Darei a ela feno e água todos os dias.

– Dê um beijo em Kahu por mim.

– *Ae* – respondeu Vó Flowers com um calafrio. – Deus está contigo. E não se esqueça de voltar, Rawiri, senão.

Ela puxou uma pistola d'água da sua cesta.

– Bang – disse.

Eu peguei um voo para a Austrália.

~~~~~~~~~~~~~

Diferentemente de Kahu, meu cordão umbilical não deve ter sido enterrado em Whangara, já que não voltei pra lá nos quatro anos seguintes. Descobri que tudo o que haviam me contado sobre a Austrália era verdade: tudo lá é mesmo grande, bruto, espalhafatoso, tesudo, e bonito. Na minha chegada, fui morar em Sidney com meu primo Kingi, que tinha um apartamento em Bondi. Eu não imaginava que haveria outros maori lá (achava que seria o primeiro), e depois de um tempo entendi porque o lugar era chamado de "Vale dos Kiwi". Em qualquer lugar que você fosse – pubs, shows, clubes, restaurantes, cinemas, teatros – podia ter certeza que acabaria esbarrando num primo maori.

Em alguns hotéis, por cima do barulho e do tumulto dos clientes, você podia apostar que ouviria alguém gritando para outro: — Gidday, cous! — (...'dia, primo!).

Eu me sentia como uma criança numa grande loja de brinquedos, querendo tocar em tudo. Whangara não era grande *assim*, com toda sua abundância de avenidas, arranha-céus de vidro, brilho e ostentação. E tampouco a sexta à noite lá na nossa cidade podia jamais se comparar com a agitação no Cross, a parte de Sidney na qual todo mundo se apinhava, seja para olhar os outros, seja pra ser visto. Todo mundo vendia alguma coisa e se vendia de tudo lá no Cross, e se você quisesse comprar algo, era só pagar.

Foi aí que esbarrei no primo Henare, que agora vestia um vestido de mulher, e outra prima, que tinha mudado o nome para Lola L'Amour, exibindo cabelos vermelhos e meia calça de rede. Não conseguia mesmo entender a atitude de Kingi; ele sempre tentava atravessar a rua para desviar de um 'primo' com o qual não queria ser visto. Mas eu seguia meu caminho sem me importar, gritando, como todos: — Gidday cous!

Pelo que me dizia respeito, eles levavam a vida que queriam levar, e independentemente do tanto que tivessem mudado a si mesmos ou suas vidas, um primo é um primo. Acho também que eu não me sentia tão diferente assim: minha aparência era mais ou menos a mesma que a deles, com nossa jaqueta e calça de couro, combinando com o traje de fivelas, lenços e aplicações bordadas. — De que tribo você faz parte? — eles provocavam. — Qual tribo? — Eles seguiam vadiando, e às vezes nos encontrávamos mais tarde numa ou noutra festa. Mas, de manhã cedinho, quando a luz do sol começava a ofuscar o brilho da noite, as lembranças de casa acabavam sempre vindo à tona. – Como está nossa Vó? Como está nosso Koro? Se você escrever para eles, não conte que você nos viu desse jeito.

Na busca por fama, fortuna, poder e sucesso, alguns de meus 'primos' tinham optado pelo vil metal ao invés do ouro. Eles podiam até ter virado sua vida de cabeça para baixo, como o reflexo da Ponte de Sydney no porto, mas eles sempre ansiavam pelo respeito da nossa tribo. Não é que eles estivessem envergonhados, mas esconder o jeito que eles viviam era uma forma de manter o respeito. Não poderia haver manto melhor que aquelas noites estreladas sob o Cruzeiro do Sul evoluindo no céu.

~~~~~~~~~~~~~~

Kingi e eu nos dávamos bem, mas quando consegui um amigo todo meu, fui morar com ele. Tinha conseguido um emprego de pedreiro e também começara a jogar rúgbi[2]. Foi graças ao rúgbi que encontrei meu amigo Jeff, que me disse estar procurando alguém que morasse com ele. Jeff era um amigão, sempre pronto a uma risada, sempre pronto a acreditar, sempre pronto a confiar. Ele me contou sobre sua família em Mount Hagen, na Papua Nova Guiné, e eu lhe contei sobre a minha em Whangara. E também lhe contei sobre Kahu.

– Você ficaria apaixonado por ela – eu disse. – Ela é uma gata. Grandes olhos castanhos, corpo de sonho e lábios feitos para beijar.

---

[2] Os maori adotaram de forma entusiástica o jogo importado pelos colonizadores ingleses da Nova Zelândia, ao ponto de se tornarem os melhores do mundo no rúgbi. Antes de cada jogo, a seleção da Nova Zelândia, chamada *All Blacks*, por causa do uniforme todo preto, executa a *haka*, a tradicional dança de guerra maori, ameaçando simbolicamente os adversários com poses agressivas, gozações e caretas. (N.T.)

– É mesmo? É mesmo? – ele perguntava embevecido.

– E aposto que ela foi mesmo feita pra *você* – eu disse. – É quente e fofinha, gostosa pra ficar, e ela adora um aconchego. E...

Coitado do Jeff, ele nem imaginava que eu estava gozando da cara dele. E conforme as semanas passavam, eu tornava a mentira ainda mais sedutora. Eu não conseguia parar. Mas nossa amizade era assim mesmo; nós estávamos sempre rindo de tudo ou gozando um do outro. Às vezes, a vida costuma nos atropelar e nos arrastar em sua maré irresistível. Viver na Austrália era assim mesmo: havia sempre alguma coisa acontecendo, dia e noite. Se Jeff e eu não estávamos jogando rúgbi, estaríamos surfando (se bem que a praia de Whangara era melhor) ou fazendo festa com alguma turma, ou andando pelas trilhas das Blue Mountains. Você poderia dizer que eu tinha começado a me afogar naquilo tudo, me entregando ao que Kingi chamaria de "vida hedonista de comedor de lótus". Kingi gostava de encher a boca com frases de efeito. Ele costumava me dizer que sua imagem preferida da Austrália era a da soprano Joan Sutherland cantando "Advance Austrália Fair", uma lata de cerveja Forster's na mão, surfando no porto de Sydney como "um antípoda da Estátua da Liberdade". Deu pra entender? Todas aquelas frases de efeito? Isso era Kingi, sem dúvida.

Ainda estava na cama quando o telefone tocou, por isso foi Jeff que atendeu. Naquele instante, um travesseiro veio voando pra cima de mim, e Jeff me arrancou da cama dizendo: – Telefone, Rawiri. Falo com *você* depois.

Bem, a boa nova era que Porourangi iria se casar com Ana. Vó Flowers ficara atormentando os dois até conseguir. – E você sabe do que ela é capaz –. Porourangi riu. – Não se preocupe em voltar por isso, de qualquer forma –, ele disse – porque o casamento será uma cerimônia bem discreta –. Kahu ia ser a daminha.

– Como ela está? – perguntei.

– Ela está com cinco e agora começou a frequentar a escola – disse Porourangi. – Ela ainda está vivendo com a família de Rehua. Ela sentiu muito sua falta no verão passado.

– Dê a ela um beijo meu – eu disse. – E também um beijo em Vó. Diga pra todo mundo que os amo. Como está Koro?

– Brigando com Vó, como sempre –. Porourangi riu. – Quanto antes sair o divórcio, melhor.

Desejei a Pororurangi e a Ana o melhor para sua vida juntos. O tempo de luto fora longo demais para Porourangi, e já era hora de renovar. Na hora de desligar, ele acrescentou: – Ah, aliás, o teu amigo aí estava muito interessado em Kahu, então falei pra ele que ela está indo muito bem, aprendendo a ler e escrever.

Ai, ai. Aí estava a má notícia. Tão logo desliguei o telefone, Jeff veio pra cima de mim.

– Quente e fofinha, ã?

– Não, espere, Jeff, eu posso explicar.

– Grandes olhos castanhos e corpo de sonho, ã?

— Jeff, não —. Em suas mãos tinha uma torta de maçã recheada.

— Lábios feitos pra beijar? — Em seus olhos havia faíscas de vingança.

Posso me considerar sortudo por eu mesmo ter cozinhado o jantar da noite anterior. Se tivesse sido Jeff, aquela torta de maçã não estaria tão suculenta.

~~~~~~~~~~~~

Não muito tempo depois, Jeff também recebeu um telefonema, mas as novidades não eram tão boas. Sua mãe ligava de Papua Nova Guiné para lhe pedir que voltasse para casa.

— Seu pai é orgulhoso demais para ligar ele mesmo —, ela disse, — ele vai indo, mas precisa da sua ajuda para administrar a plantação de café. Ele não teve sorte com os trabalhadores esse ano, e você sabe como são os nativos, sempre bêbados.

— Vou ter mesmo que ir — disse Jeff. Eu sabia que ele não tinha a menor vontade. Certamente, uma das razões de ele ter vindo para Sydney era ficar o mais longe que pudesse de sua família. Ele os amava profundamente, mas algumas vezes o amor se torna um jogo de poder entre as ambições dos pais para com seus filhos e as ambições que os filhos têm para consigo mesmos. — Mas parece que está na hora das galinhas voltarem para o galinheiro — disse Jeff pesarosamente.

— Família é família — lhe disse.

— Diga —, ele me cortou — você não gostaria de vir comigo?

Eu fiquei em dúvida. Desde que falara com Porourangi, estava pensando em voltar para Nova Zelândia. No entanto, eu disse: – Claro, fui um caubói minha vida inteira. Vamos selar os cavalos, parceiro? – Assim começamos a arrumar as malas e deixar tudo pronto para nos mandarmos. Liguei para Whangara para contar a Vó Flowers.

– Onde é que você vai? – ela berrou. Como sempre, ela estava segurando o telefone com o braço esticado.

– Para Papua Nova Guiné.

– O quê! – ela disse. – Você vai acabar sendo comido por aqueles canibais. O que há em Nova Guiné – eu fui arremedando as palavras junto com ela – que você não pode ter aqui em Whangara? Você devia voltar pra casa ao invés de ficar perambulando pelo mundo.

– Voltarei para casa no próximo verão. Prometo –. Ficou um silêncio do outro lado da linha. – Alô?

Koro Apirana veio ao telefone: – Rawiri? – ele esbravejou. – O que você disse? Sua avó está chorando –. Houve uma briga do outro lado e Vó Flowers voltou.

– Posso falar por mim mesma – disse ofegante. Então, com voz suave, cheia de saudade, ela acrescentou: – Está bem, menino. Pode ir pra Papua Nova Guiné. Mas não faça promessas sobre o próximo verão. Senão, vou ficar de olho na estrada, e irei todos os dias ver se você está no ônibus.

Lágrimas começaram a turvar minha visão. Podia imaginar minha avó caminhando na beira da estrada, no verão, com Kahu saltitando ao lado dela, sentando na calçada olhando os carros passarem, e perguntando ao motorista do ônibus.

– Nós te amamos – falou minha avó.

Esperando e esperando. Então o telefone foi desligado e ela se foi.

11

Acabei ficando dois anos com Jeff em Papua Nova Guiné, e mesmo sendo anos produtivos, nem sempre foram felizes. O pai de Jeff não pôde vir de Port Moresby nos encontrar, mas sua mãe, Clara, sim. Embora Jeff tivesse lhe avisado que eu era maori, era óbvio que mesmo assim eu era moreno demais. Assim que desci do avião, me pareceu ouvi-la perguntando para si mesma: *Oh, meu Deus, como é que vou explicar isso para as mulheres do Bridge Club?* Mas ela foi educada e gentil e, durante o voo para Mount Hagen batemos um bom papo.

O pai de Jeff, Tom, era outra história, e gostei dele desde o começo. Era alguém que se fez sozinho, e sua autoconfiança não ficara abalada pela longa e debilitante doença. Mas era óbvio que precisava mesmo da ajuda de seu filho. Ainda posso me lembrar da primeira vez que vi Tom. Ele estava em pé na varanda da casa da fazenda, apoiando seu peso em duas muletas. Não tinha vergonha de sua invalidez, e quando Jeff subiu para cumprimentá-lo, ele simplesmente disse: – Dia, rapaz. Bom te ver em casa.

Tom tinha contraído o mal de Parkinson. Contudo, demorei algumas semanas para descobrir que a doença não tinha afetado somente os membros, mas também o deixara parcialmente cego.

A situação ficou clara. Jeff teria que agir como extensão do pai, braços, pernas e olhos. Preso em sua escrivaninha, Tom ficaria administrando a plantação de sua casa, e Jeff transformaria as instruções em ação. Quanto a mim, sempre gostei do trabalho pesado, então era simplesmente uma questão de cuspir nas mãos e começar a trabalhar.

Descobrimos que tentar colocar a plantação em pé outra vez era um verdadeiro desafio naquelas terras; nunca imaginei que teria um lugar que revidasse nossa agressão como aconteceu em Papua Nova Guiné. Tenho sérias dúvidas que seja possível algum dia domar seus excessos de temperatura, a crosta que cobre sua terra ruim (um caldeirão de altiplanos e vales), e seu tribalismo. Mas bem que tentamos, e acho que ganhamos alguma folga, mesmo que fosse por um tempinho. O ser humano pode até colocar sua marca na terra, mas se não estiver alerta, a Natureza tomará tudo de volta.

Às vezes, quando você está mergulhado numa vida intensa, esquece que no resto do mundo a vida também segue mudando como um camaleão. Por exemplo, sempre me espantava o nacionalismo que varria a Papua Nova Guiné e as tentativas do governo em implantar por cima da herança colonial uma identidade e costumes nacionais. Eles tentavam fazer isso apesar de um conjunto impressionante de obstáculos: primeiro, Papua Nova Guiné era fragmentada entre centenas de grupos tribais falando uns mil idiomas; segundo, havia inúmeras influências externas sobre o patrimônio cultural da Papua Nova Guiné, incluindo seus vizinhos do outro lado da fronteira, em Irian Jaya; e terceiro, a nova tecnologia exigia que as pessoas tivessem que viver mil anos numa única vida, passando da tanga ao terno e ao uso da informática num único passo.

Em vários aspectos, havia mesmo muitos paralelos entre os aborígenes da Papua Nova Guiné e os maori na Nova Zelândia, com a diferença que nós não tivemos que avançar tantos anos em uma única vida. Contudo, nossa jornada fora mais árdua porque teve de ser enfrentada dentro dos padrões europeus de aceitabilidade. Éramos uma minoria e nosso progresso dependia, em grande parte, da boa vontade europeia. E não havia dúvida que na Nova Zelândia, assim como na Papua Nova Guiné, o nacionalismo estava também incitando o povo a se tornar uma nação maori.

Foi assim que precisei ficar na Austrália e na Papua Nova Guiné, para tomar mais consciência de minha identidade maori, e suponho, ficar pronto para meu encontro com o destino. Eu não sei se isso tinha algo a ver com o destino de Kahu, mas, ao mesmo tempo em que eu amadurecia minha consciência de identidade, também ela estava se aproximando cada vez mais do momento em estar no lugar certo na hora certa, com a intenção certa de cumprir o papel que lhe fora atribuído. A esse respeito, não tenho a menor dúvida de que ela sempre fora a pessoa *certa*.

Meu irmão, Porourangi, sempre gostou de escrever cartas, e me mantinha a par das novidades lá na tribo. Dava pra perceber que seu prestígio como liderança estava crescendo, da mesma forma que seu espírito, e eu era ainda mais grato por sua dedicação em garantir que eu soubesse que, mesmo longe da família, ninguém me esquecera. Pelo visto, Koro Apirana tinha começado uma segunda série de aulas para os jovens do litoral. Nosso Koro acabara aceitando que Porourangi fosse "aquele" da nossa geração que assumiria a liderança da tribo, mas ele ainda procurava "aquele" da próxima geração. – Ele quer achar um menino –, brincou Porourangi, – capaz de tirar a espada da pedra, alguém que fosse marcado pelos deuses para essa tarefa –. Então, numa de suas cartas, Porourangi fez meu coração pular de alegria. Ana dissera-lhe que já era hora de Kahu voltar para ficar com ela e Porourangi, em Whangara.

Kahu estava então com seis anos de idade; a mãe de Rehua concordara e assim Kahu voltou. – Bem –, escrevia Porourangi, – você tinha que ver todos nós chorando no ponto de ônibus. Kahu desceu e ela tinha crescido tanto, você não a reconheceria. Sua primeira pergunta, depois de todos os abraços, foi: – Onde está Paka? Paka tá aqui? – Vó Flowers disse-lhe que estava pescando, então ela desceu até a praia e esperou, esperou o dia inteiro. Quando ele voltou, ela jogou-se em seus braços. Mas você conhece nosso Koro, tão ríspido como sempre. Mesmo assim, é tão bom tê-la de volta.

Em suas últimas cartas, Porourangi escrevera sobre o que ele achava que seriam os problemas a serem enfrentados pelo povo maori. Tinha ido à região de Raukawa junto com Koro Apirana e ficara muito impressionado com a forma como Raukawa organizara os jovens como recurso para que estivessem em condição de auxiliar o povo para enfrentar o século XXI. — Será que *nós* estaremos prontos? — ele se perguntava. — Será que *nós* teremos preparado o povo para enfrentar os novos desafios e a nova tecnologia? E seremos ainda maori? — Dava para perceber que essa última pergunta ocupava cada vez mais a cabeça dele. A esse respeito, ambos reconhecíamos que a resposta estava mesmo na persistência de Koro Apirana com as aulas, já que ele era um dos pouquíssimos que podiam transmitir o conhecimento sagrado. Nosso Koro parecia uma velha baleia encalhada em um presente alheio, mas isso era como tinha que ser porque ele também cumpria seu papel nos desígnios do mundo, nas marés do futuro.

~~~~~~~~~~~~~~~~

Mais ou menos no meio de nosso segundo ano em Papua Nova Guiné, Jeff e eu pudemos relaxar um pouco. Fomos algumas vezes para a ilha de Manus, e foi lá que Jeff expressou em palavras os pensamentos que rondavam minha mente nos últimos meses.

— Você está ficando com saudade de casa, não está, Rawiri? — perguntou.

Nós ficáramos mergulhando na lagoa, e naquelas maravilhosas águas azuis eu havia catado do recife uma concha prateada brilhante. Tinha-a trazido para a praia e estava escutando o murmúrio do mar que vinha de dentro da espiral prateada da concha.

– Um pouco – respondi. As coisas estavam começando a chegar ao limite para mim na plantação, e eu queria evitar um conflito. Jeff e eu ainda nos dávamos bem, mas seus pais faziam pressão de forma discreta para que ele convivesse só com seus pares nos clubes e nas festas da intolerante elite inglesa. De minha parte, isso me forçara a buscar a companhia dos "nativos", como Bernard (que tinha mais diplomas que Clara tinha de papos) e Joshua, que também trabalhavam na fazenda. Com essa atitude, eu quebrara uma regra fundamental, e fui punido com o ostracismo.

– Fizemos um longo caminho juntos – disse Jeff.

– É mesmo – eu ri. – E ainda tem na frente.

Então Jeff disse: – Eu quero te agradecer. Por tudo. Mas se você tiver que ir, eu entenderei.

Eu sorri para ele, pensativamente. Coloquei a concha outra vez em meu ouvido. *Hoki mai, hoki mai ki te wa kainga*, cochichou o mar. Volte pra casa.

Jeff e eu voltamos para a plantação no dia seguinte. Tinha uma carta de Porourangi me esperando. Ana estava grávida, e a família toda torcia para que fosse um menino. – De todos nós –, Porourangi escrevia, – Kahu parece a mais excitada. Sem falar de Koro Apirana, que está no céu.

A carta me fez perceber quanto tempo havia passado desde a última vez em que estivera com meu povo, meu *whanau*. Senti uma repentina vontade, como uma pinçada em meu coração, de segurar todos eles em meus braços. *Hoki mai, hoki mai*. Volte para casa.

~~~~~~~~~~~~~~

Então três acontecimentos me convenceram que era hora de rumar para casa. O primeiro aconteceu quando Jeff e seus pais foram convidados para uma recepção em Port Moresby em homenagem a um jovem casal da elite branca que acabara de casar. Para Clara estava claro que eu tinha que ficar para tomar conta da plantação, mas Jeff insistiu que eu era parte da família e que devia acompanhá-los. Clara fez questão de deixar claro que estava incomodada com minha presença, e na recepção eu fiquei muito triste ouvindo-a dizer para um convidado: – É um amigo de Jeff. Você sabe como é nosso Jeff, sempre trazendo pra casa cachorros e desgarrados. Mas pelo menos não é um nativo –. Sua gargalhada tilintou como facas.

Mas aquilo foi só um presságio da tragédia que aconteceu quando voltamos para Mount Hagen. Embarcamos na perua, que estava no estacionamento do aeroporto, e voltávamos para a plantação. Jeff estava ao volante. Estávamos todos de bom humor. A estrada brilhava como prata na luz da lua. De repente, na nossa frente, vi um homem caminhando ao lado da estrada. Pensei que Jeff também o tinha visto, e que desviaria para o meio do asfalto, para evitá-lo. Mas Jeff manteve o carro seguindo em frente.

O homem girou. Ergueu os braços como para tentar se defender. O pára-choque dianteiro bateu em suas coxas e pernas e ele foi catapultado sobre o pára-brisas, que se estilhaçou em mil pedaços. Jeff brecou. O vidro ficou manchado de sangue. Vi um corpo ser arremessado dez metros e se espatifar na estrada.

Clara gritou. Tom disse: — Oh, meu Deus! — No meio do vapor iluminado pelos faróis, o corpo se mexeu.

Eu tentei sair do carro. Clara gritou novamente: — Oh, não. Não. A tribo dele pode cair em cima da gente agora mesmo. Vingança, eles vão querer se vingar. É somente um nativo.

Empurrei-a para sair. Tom berrou: — Por Deus, Rawiri, tente entender, você conhece as histórias.

Eu não podia compreender o medo deles. Olhei para Jeff, mas ele ficava lá, sentado, atordoado, olhando fixamente aquele corpo todo quebrado, mexendo espasmodicamente na luz dos faróis. Então, de repente, Jeff começou a choramingar. Ele ligou o motor.

— Deixe-me sair — eu sibilei. — Deixe-me *sair*. Não é um nativo lá fora. Aquele é *Bernard* —. Um primo é um primo.

Abri a porta com violência. Clara gritou para Jeff: — Oh, já os estou vendo —. Sombras na estrada. — Deixe-o aqui. Deixe-o —. Suas palavras soavam agudas, revelando seu pânico. — Oh. Oh. Oh.

A perua passou ao meu lado a toda velocidade. Jamais vou esquecer a cara branca de Jeff, tão pálido, tão apavorado.

O segundo evento ocorreu depois do inquérito. Bernard tinha morrido na estrada aquela noite. Quem pode dizer se ele teria sobrevivido se o tivéssemos levado para um hospital?

Fora um acidente, claro. Um nativo que andava descuidadamente ao lado da estrada. Uma nuvem que cobriu a lua por um momento. Não era para um nativo estar lá, de qualquer forma. Podia ter acontecido com qualquer um.

– Não te culpo – eu disse para Jeff. – Você não escapa de ser o que é –. Mas eu não conseguia pensar em outra coisa que o desperdício da vida de um jovem que percorreu mil anos para morrer numa estrada iluminada pela luz da lua, o luto da terra chorando uma de suas esperanças e de seus filhos no novo mundo, e como era triste que alguém que eu achava que era meu amigo obedecesse de forma tão automática às premissas de sua cultura. *Seria eu o próximo?* Nada mais havia que me segurasse ali.

O terceiro acontecimento foi a carta de Porourangi anunciando que o filho, uma menina, tinha nascido. Naturalmente Koro Apirana ficara decepcionado e jogara a culpa em Vó Flowers mais uma vez. No mesmo envelope havia outra carta, essa de Kahu.

– Querido tio Rawiri, como vai você? Estamos todos bem em Wangara. Tenho uma irmãzinha. Gosto muito mesmo dela. Estou com sete anos. Adivinha? Estou na primeira fila do nosso grupo sobre a cultura maori na escola. Já sei fazer a dança *poi*[3]. Estamos todos com saudade de você. Não se esqueça de mim, ouviu? Com amor, Kahutia Te Rangi.

Bem no finalzinho da carta de Kahu, Vó Flowers tinha acrescentado apenas uma palavra para expressar sua irritação com minha longa ausência de Whangara. – Bang.

---

[3] Dança tradicional maori, geralmente realizada pelas mulheres, que inclui a narração de histórias míticas ou eventos da tribo, presentes ou passados, cantos e coreografias coletivas.

Fui embora de Mount Hagen de avião no mês seguinte. A despedida de Jeff foi calorosa, mas já dava para perceber a tensão entre nós. Clara foi frívola e polida, como sempre. Tom, rude e franco.

— Até mais, rapaz – disse Tom. – Você é sempre bem-vindo.

— Sim, sempre – disse Jeff. *Cada um por si.*

O avião subiu no ar, sacudido pelos ventos. Finalmente se estabilizou e enfiou-se nas nuvens como um dardo.

Ah sim, as nuvens. Elas pareciam um mar agitado, no qual uma silhueta escura se aproximava, mergulhando lentamente. Conforme nos aproximávamos, vi que era uma baleia gigante. Em sua cabeça havia um símbolo sagrado, uma tatuagem cintilante.

Haumi e, hui e, taiki e.

Que seja feito.

12

Gostaria de poder dizer que meu retorno foi arrebatador. Ao invés disso, Vó Flowers ficou rosnando para mim por ter demorado tanto tempo pra voltar, dizendo: – Pra começo de conversa, não sei porque você quis tanto ir embora. Afinal.

– Eu sei, vó – eu disse. – Não há nada lá fora que não possa ter em Whangara.

Bang, fez sua mão na minha cabeça: – Só falta *você* também gozar de mim – ela disse, com uma olhadinha para Koro Apirana.

– O quê? – disse Koro. – Eu não disse nada.

– Mas eu posso ouvir seus *pensamentos* –, Vó Flowers disse, – e sei quando está gozando de mim, seu velho paka.

– Sei, sei, sei – disse Koro Apirana. – *Te mea te mea.*

Antes de Vó Flowers explodir, tentei pegar tudo o que podia dela em meus braços (e isso era muito mais que antes) e lhe dei um beijo. – Bem –, eu disse, – nem ligo se você não está feliz em me ver, mas eu estou feliz em *ver você*.

Então entreguei o presente que tinha comprado para ela na escala em Sydney. Você acha que ela ficou agradecida? Que nada, aí veio outro tapa.

– Você pensa que é esperto, heim? – ela disse.

Não consegui me segurar, tive que rir. – Bem, como é que eu podia saber que você ia engordar tanto? – Meu presente era um lindo vestido, só que três vezes menor que o tamanho atual.

~~~~~~~~~~~~

Aquela tarde estava olhando pela janela quando vi Kahu correndo pela estrada. As aulas tinham acabado.

Saí na varanda para ver sua chegada. Era aquela garotinha cujo cordão tinha sido enterrado todos aqueles anos antes? Sete anos passam mesmo tão rápido? Senti um nó na garganta. Aí ela me viu.

– Tio Rawiri! – ela gritou. – Você está de volta!

Aquele bebezinho tinha se transformado numa belezinha cheia de brilho, de olhos amendoados, longas pernas e com uma risadinha contagiante na voz. Seu cabelo era rebelde, mas estava domado em duas tranças naquele dia. Vestia um vestido branco e sandálias. Subiu a escada correndo e se agarrou em meu pescoço.

– Oi – ela suspirou enquanto me beijava.

Apertei-a contra mim e fechei os olhos. Não me dera conta do quanto tinha sentido falta da criança. Então Vó Flowers saiu de casa e disse para Kahu, – Chega de namoro. Você e eu somos garotas trabalhadoras! Vamos! Rápido!

–Vovó e eu estamos capinando a horta –. Kahu sorriu. – Eu venho toda quarta-feira para ser sua ajudante, quando ela quer se dar um tempo longe de Koro –. Então, com um suspiro de alegria, pegou minha mão e me puxou para o galpão atrás da casa.

– Não demore, Kahu –. Vó Flowers gritou. – Aquelas batatas não vão esperar o dia inteiro.

Kahu fez sinal que tudo bem. Enquanto a seguia, fiquei maravilhado com o fluxo de palavras que jorrava dela: – Tenho uma irmãzinha agora, tio. Ela é um amorzinho. Seu nome é Putiputi, por causa de Vó Flowers. Sabia que fui a primeira da classe este ano? E sou a líder do grupo cultural, também. Adoro cantar as canções maori. Poderia me ensinar a tocar violão? Ah, *legal*. E papai e Ana virão esta noite para ver você logo que ele voltar do trabalho. Você comprou um *presente pra mim*? *Pra mim, mesmo*? Oh, onde está, onde está? Pode me mostrar mais tarde, tudo bem. Mas eu quero que veja uma coisa primeiro.

Ela abriu a porta do galpão. Dentro, eu vi reluzir algo cromado brilhando. Kahu me abraçou e me beijou outra vez. Era minha moto.

– Vó Flowers e eu a limpamos toda semana – ela disse. – Ela chorava às vezes, sabia, enquanto lustrava. Depois ficava com medo que pudesse enferrujar.

Não pude evitar um fluxo de lágrimas que encheu meus olhos. Preocupada, Kahu fez um carinho em meu rosto.

– Não chore – ela disse. – Não chore. Está tudo bem, tio Rawiri. Vamos, vamos. Está em casa agora.

Mais tarde naquela noite, Porourangi chegou. De todos da família ele era aquele que mais envelhecera. Orgulhoso mostrou-me seu novo bebê, Putiputi.

– Outra menina – Koro Apirana disse de forma audível, mas Porourangi fez de conta que não ouviu. Estávamos acostumados com seu jeito rabugento.

– Ah, cale a boca – disse Vó Flowers. – Meninas podem fazer qualquer coisa nos dias de hoje. Você não ouviu que não pode mais discriminar as mulheres? Você deveria ser preso por isso.

– Pouco me importam as mulheres – disse Koro Apirana. – Vocês ainda não chegaram ao poder.

Foi aí que Vó Flowers nos deixou todos pasmos: – Sei, sei, sei, seu velho bode.

Tivemos um grande jantar em família naquela noite com pão maori, lagostas e camarões, e um monte de vinho para beber. Vó convidara os amigos da minha turma, e eles chegaram roncando as motos e soltando uma fumaceira azul e cheiro de gasolina. Era como se nunca tivesse ido embora. Tiraram suas guitarras e soltaram as vozes. Vó Flowers estava no auge, no centro das atenções da família toda e, ainda por cima, um dos garotos a tirou para dançar a *hula*.

— Olhem! — gritou ele, com deleite. — A Rainha de Whangara!

Foi uma gargalhada geral, e Kahu veio correndo e disse: — Veja como nós te amamos, tio. Matamos o bezerro gordo pra você, bem como diz a Bíblia —. Ela me apertou e se foi.

Então Porourangi apareceu: — Que tal estar em casa? — perguntou com cuidado.

— É bom sim — suspirei. — *Fantástico* mesmo. Como tem sido?

— Mais ou menos como sempre — respondeu. — Você conhece nosso Koro. Continua procurando.

— O quê?

— Aquele que poderá puxar a espada —. Porourangi deu uma risada meio oca. — Ele acabou encontrando mais alguns meninos. Um deles poderia ser o escolhido.

Porourangi silenciou. Vi Koro Apirana balançando na sua cadeira, pra frente e pra trás, pra frente e pra trás. Kahu se aproximou dele e colocou sua mão na dele. Ele a repeliu e ela desapareceu no escuro. As guitarras seguiam tocando.

~~~~~~~~~~~~

Nas semanas seguintes, tornou-se claro para mim que a procura de Koro Apirana pelo "escolhido" tinha se tornado uma obsessão. Desde o nascimento da irmãzinha de Kahu, ele tinha ficado mais ferrenho e fechado. Talvez mais consciente da aproximação da própria morte, queria garantir sua sucessão na geração atual

– e da melhor forma possível. Mas dessa forma ele afastava quem mais o adorava, a própria Kahu.

– Até parece que o umbigo dele é o centro do mundo – Vó Flowers disse com vulgaridade. Kahu voltou para casa a cavalo naquela manhã trazendo a notícia de que tinha ficado em primeiro lugar na turma de tradições maori. Vó Flowers ficou olhando enquanto Koro Apirana ignorava a menina. – Nem sei porque ela insiste com ele.

– Eu sei porque – disse para Vó Flowers. – Lembra quando ela mordeu o dedão dele? Já naquela época ela estava deixando claro pra ele, 'Nem pense em me deixar fora de tudo isso!'

Vó Flowers encolheu os ombros: – Bem, seja como for, Kahu é mesmo a vítima perfeita pros maus tratos dele, pobrezinha. Pode ser por causa do meu sangue muriwai. Ou o de Mihi.

Mihi Kotukutuku fora a mãe de Ta Eruera, que era prima da Vó, e nós amávamos as histórias dos feitos da Mihi. Ela fora uma grande chefe, descendente como ela era de Apanui[4], que dera o nome à tribo de Vó. A história de que gostávamos mais era aquela que contava como Mihi tinha pisado no chão sagrado de Rotorua. – Sente-se – berrara um chefe enfurecido. – Sente-se – porque mulheres não eram autorizadas a se levantar para falar no recinto sagrado. Mas Mihi respondera: – Não, *você* que fica sentado diante de mim! Sou de linhagem superior à sua! – Como se não bastasse, Mihi lhe dera as costas dobrando

---

4 Apanui Ringamutu, herói e antepassado mítico (embora de comprovada existência histórica no século XVII) do povo dos Iwi, no Norte da Nova Zelândia. (N.T.)

o corpo, levantara o saiote, dizendo: – De qualquer forma, foi daqui que você veio! – para lembrar ao chefe que todos os homens nascem das mulheres.

Estávamos sentados na varanda, falando sobre Kahu e do quanto ela era bonita, por dentro e por fora. Ela não tinha maldade. Não tinha inveja. Ela não tinha ciúme. Enquanto falávamos, vimos Koro Apirana descendo para a escola, onde sete meninos o esperavam.

– Esses são os tais candidatos – Vó Flowers disse. – Um desses será o Rocky de Whangara.

De repente Kahu apareceu, vindo sem pressa do lado oposto. Ela parecia tão triste e inconsolável. Então ela viu Koro Apirana. Seu rosto se iluminou e ela foi correndo na direção dele, gritando: – Paka! Oh, Paka!

Ele virou-se rápido para ela: – Volte pra casa – ele disse. – Vá embora. Você não serve pra mim.

Kahu parou bruscamente. Pensei que ela ia chorar, mas franziu o cenho e olhou pra ele com tanta frustração que poderia até ouvi-la dizendo pra si mesma, *Você vai ver, Paka. Você vai ver.* Então ela virou-se pra nós como se nada tivesse acontecido.

~~~~~~~~~~

Tive sorte e consegui um trabalho na cidade empilhando toras em uma serraria e entregando encomendas para empreiteiras. Toda manhã buzinava enquanto passava com minha moto ao lado da casa de Porourangi, para lembrar Kahu de que era hora de se levantar para ir à escola. Então comecei a parar e esperar até eu ver a cabecinha dela aparecer no quadro da janela pra eu saber que estava acordada. – Obrigada, tio Rawiri – ela gritava, e eu seguia para o trabalho.

Algumas vezes, depois do trabalho, encontrava Kahu me esperando na autoestrada. – Vim te dar boas vindas na volta pra casa – ela se justificava. – A Vó não precisa de nenhuma ajuda hoje. Posso dar uma voltinha com você na moto? Posso? Ah, que legal –. Ela trepava na garupa, segurando firme em mim. Enquanto percorríamos a trilha até a vila, ela me deixava hipnotizado com o jorrar de seu engenhoso falatório. – Você teve um dia legal, tio? O meu foi legal, exceto por causa de matemática, eca, mas se eu quero ir para a universidade, tenho que aprender coisas que não gosto. Você foi pra universidade, tio? Koro diz que é tempo perdido pra uma menina. Tem vezes que gostaria de não ser uma menina. Assim Koro me amaria mais. Nem me importo. Como é ser um garoto, tio? Você tem namorada? Tem um garoto na escola que fica atrás de mim. Eu lhe disse pra procurar Linda. Ela gosta de meninos. Eu, pra mim, só tenho um namorado. Não, *dois*. Não, *três*. Koro, papai e *você*. Sentiu saudade de mim na Austrália, tio? Gostou da Nova Guiné? Vó Flowers achou que acabaria cozinhado num caldeirão. Ela é osso duro de roer, não é? Você não me esqueceu, né tio? Não esqueceu mesmo, heim? Bem, obrigada pelo passeio, tio Rawiri. Nos vemos amanhã. Até –. Depois de um beijo desengonçado, um abraço e um esvoaçar de seu vestido branco, ela sumia.

O final do ano escolar chegou, e a cerimônia de fim de ano fora marcada para uma sexta-feira, final de tarde. Kahu tinha enviado convites para toda a família e incluíra os meninos da minha turma na lista. — Você é cordialmente convidado —, dizia o convite — para minha cerimônia escolar e eu realmente espero por você. Não é necessário confirmar presença. Amor, Kahutia Te Rangi. P.S. Nada de jaquetas de couro, por favor, pois é um evento formal. P.P.S. Por favor, estacionem todas as motos na área indicada e não na vaga reservada ao diretor, como no ano passado. Não quero mais ser *abraçada*.

Na noite da cerimônia, Vó Flowers me disse, enquanto se vestia:
— Por que será que ela disse 'abraçada'?

— Acho que ela quis dizer 'embaraçada', constrangida — eu disse.

— Bem, como estou? — Vó perguntou.

Estava muito orgulhosa de si mesma. Para exibir o vestido que eu tinha comprado para ela, acrescentara faixas verde-limão dos dois lados. Vó era daltônica e pensava que eram vermelhas. Engoli seco. — Você parece mesmo uma duquesa — eu menti.

— Não pareço uma rainha? — perguntou Vó, ofendida. — Vou dar logo um jeito nisso —. Ah, não, não o *chapéu*. Devia ser maravilhoso na década de 1930, mas isso foi há décadas. Desde então, ela foi acrescentando isso e aquilo até fazê-lo parecer algo saído de sua horta.

— Oh —. Engoli seco outra vez. — Você está demais.

Ela riu, envergonhada. Fomos até o carro de Porourangi. O rostinho de Kahu apareceu brilhando para nós.

– Oh, você está linda –, ela disse para Vó – mas há alguma coisa errada com seu chapéu –. Ela abriu espaço para Vó e lhe disse: – Venha sentar-se ao meu lado, querida, vou dar um jeito pra você.

Porourangi cochichou para mim: – Não deu pra conter a senhora? Ela e seu chapéu piscante.

Eu estava rindo demais para responder. No banco de trás, Kahu estava acrescentando plumas, flores e algo que parecia capim. O mais estranho foi que, de fato, os novos adereços deixaram o chapéu perfeito.

O salão da escola estava lotado. Kahu nos levou para nossos lugares e nos fez sentar. Havia um assento vazio ao lado de Vó, no qual estava escrito "reservado".

– É pra Koro, quando ele chegar – ela disse. – E os meninos, não estão uma *graça*? Nos fundos do salão, os garotos da turma tentavam disfarçar a formalidade dos ternos que vestiam.

Vó Flowers deu com o cotovelo nas costelas de Porourangi: – Você não contou pra criança? – ela perguntou.

– Não tive coragem – ele cochichou.

Durante o resto da tarde, o lugar ao lado de Vó continuou vazio, como um buraco numa fila de dentes. Kahu parecia estar em todas – no coro da escola, nas brincadeiras, na ginástica. Depois de cada apresentação, ela vinha na frente do palco, pertinho de nós, e dizia: – Koro ainda não chegou? Ele está perdendo a melhor parte.

Então a segunda parte do programa começou. Lá estava Kahu de saia e colant, à frente do grupo cultural da escola, cheia de orgulho. – Mãos na cintura! – ela gritou. – Vamos começar! – ela ordenou. Enquanto cantava, exibia um brilhante sorriso para todos nós. O orgulho ecoava em sua voz.

– Essa menina é um foguete – ouvi alguém dizer. Mas meu coração doía por ela, e sentia vontade de sair. Vó Flowers segurou-me com força e disse: – Não, devemos todos estar presentes, quer queiramos ou não –. Seus lábios estavam tremendo.

As apresentações continuaram, uma após a outra, e dava para perceber que Kahu se dera conta de que Koro Apirana não viria. A luz de sua face foi diminuindo, sumindo gradualmente, como uma lâmpada que falha. Quando finalmente a apresentação do grupo terminou, ela olhava fixamente para o chão, tentando não olhar para nós. Parecia sentir vergonha, e eu a amei mais ainda por sua vulnerabilidade.

Tentamos encorajá-la carinhosamente com aplausos calorosos, sendo retribuídos com um sorriso trêmulo no rosto dela. Foi quando o diretor subiu ao palco para um anúncio: um dos alunos iria ler o discurso vencedor do concurso das escolas primárias da Costa Leste. O que era mais notável, ele disse, era que o estudante escrevera o discurso todo em sua própria língua, o idioma maori. Então chamou Kahutia Te Rangi para a frente do palco.

– Você sabia disso? – Vó Flowers perguntou.

— Não — disse Porourangi. — Pensando bem, ela deixou entender que tinha uma surpresa. Para seu Koro.

No meio das aclamações dos colegas de classe, Kahu chegou à frente do palco.

— *E nga rangatira* —, Kahu começou, — *e nga iwi* —, olhando para o assento vazio reservado a Koro Apirana — *tena koutou, tena koutou, tena koutou katoa* —. Havia estrelas em seus olhos, como lágrimas de luz. — Distintos convidados, membros da plateia, meu discurso é um discurso de amor para meu avô, Koro Apirana.

Vó Flowers deu um soluço, e lágrimas correram por suas bochechas.

A voz de Kahu soava clara e calorosa enquanto falava de seu amor e respeito pelo avô. Seu timbre, enquanto recitava sua genealogia, mostrava o orgulho que ela sentia do *whakapapa* familiar. Ela deixou claro quanta gratidão sentia por viver em Whangara e que sua principal meta na vida era realizar as esperanças de seu avô e de sua tribo.

E eu sentia tanto orgulho dela, tanto orgulho e tanta tristeza que Koro Apirana não estivesse ali para ouvir o quanto ela o amava. E tinha vontade de gritar, *Bravo, você é demais!* para aquela menina que na verdade não tinha toda essa coragem e que ansiava pelo apoio da única pessoa que nunca estava lá — seu Koro. No final do discurso, pulei do assento para dançar uma *haka* de apoio para ela. Então os garotos da turma se juntaram a mim, e até Vó Flowers foi logo arrancando seus sapatos. A tristeza e a alegria tomaram conta de nós enquanto comemorávamos Kahu, mas sabíamos que o coração dela ansiava por Koro Apirana.

No carro, mais tarde, Porourangi disse: — Não deu pra seu Koro estar aí essa noite, querida.

— Tá tudo certo, papai. Eu não me importo.

Vó Flowers a abraçou com fúria selvagem. — Pode crer, Kahu, desta vez, amanhã, eu vou me divorciar. Seu Koro que siga o caminho dele e eu vou seguir o meu.

Kahu enfiou seu rosto nas bochechas de Vó Flowers. Sua voz estava esvaziada e vencida. — Não é culpa de Koro, Vó —, ela disse — de eu ser menina.

13

Duas semanas depois da cerimônia, Koro Apirana levou os garotos da escola para o mar. De manhãzinha, bem cedo, levou-os para o seu barco e zarpou para fora da baía, até onde a água, de repente, se torna verde escuro.

Na hora que o sol despontou no horizonte, Koro Apirana começou uma oração. Ele tinha em sua mão uma pedra entalhada e, de repente, a atirou para dentro do oceano. Os garotos ficaram olhando até a pedra sumir.

– Que um de vocês me traga a pedra de volta – disse Koro Apirana. – Agora vão.

Os meninos estavam ansiosos para mostrar do que eram capazes, mas a pedra tinha ido fundo demais. Alguns deles ficaram com medo da escuridão. Outros simplesmente não conseguiram mergulhar tão longe. Apesar de corajosas tentativas, eles não conseguiram.

O rosto de Koro Apirana ficou prostrado: – Tudo bem, crianças, vocês fizeram o melhor. Vou levá-los de volta pra casa.

Quando Koro voltou pra casa, se trancou em seu quarto. Aos poucos, começou a chorar.

~~~~~~~~~~~

– O que há de errado com meu Koro? – Kahu perguntou. Ela estava sentada comigo na varanda. – É por causa da pedra?

– Como você sabe sobre isso? – perguntei, atônito.

– Um dos garotos me contou – disse Kahu. – Gostaria de deixar Paka feliz de novo –. Havia em seus olhos um toque de gravidade.

Na manhã seguinte levantei cedo, com a intenção de sair para o mar com minha canoa. Para minha surpresa, Kahu me esperava na porta em seu vestido branco e sandálias. Tinha fitas brancas em suas tranças.

– Posso dar uma voltinha em seu barquinho, tio Rawiri? – perguntou ela.

Não tinha como dizer não, então acenei com a cabeça. Bem na hora que estávamos prontos para sair, Vó Flowers saiu gritando: – Hei, esperem por mim! – Ela tinha decidido se juntar a nós. – Não aguento mais ouvir o velho paka lamuriar a si mesmo. Ah, que lindo dia! O sol está brilhando.

Remamos para fora da baía e Kahu perguntou novamente sobre a pedra.

– Que pedra? – Vó Flowers quis saber.

Então eu contei pra ela, e Vó quis que eu mostrasse onde ela tinha sido jogada dentro da água. Adentramos ainda mais no oceano até onde as águas de repente se tornavam cor de índigo.

– Bondade divina – disse Vó. – Não é de estranhar que os garotos não tenham conseguido pegá-la de volta. Aqui é *fundo* mesmo.

– Será que Koro Apirana a quer mesmo de volta? – Kahu perguntou.

– Claro, acho que precisa mesmo –, Vó Flowers respondeu – o velho paka. Bom, bem feito pra ele.

Kahu disse sem rodeios: – Eu vou pegá-la.

Antes que pudéssemos detê-la, ela se levantou e se atirou no mar. Até aquele momento, eu nem mesmo sabia que ela fosse capaz de nadar.

Vó ficou de queixo caído, sua boca congelada num grande O. Então o ar voltou todo de uma vez para seus pulmões e ela berrou: – Oh, não! – Ela me empurrou com toda a força gritando: – Vá atrás dela, Rawiri. *Vá* –. Ela me jogou para fora da canoa.

– Atira pra mim a máscara de mergulho – eu gritei. Vó Flowers jogou-a pra mim e eu a coloquei às pressas. Inspirei fundo três vezes e mergulhei na vertical.

~~~~~~~~~~~~~

Eu não podia vê-la. O mar estava vazio. Lá havia somente uma pequena arraia planando no fundo rumo aos recifes.

Então levei o maior susto, porque a arraia se virou na minha direção e, sorrindo, fez sinal pra mim. Era a própria Kahu em seu vestido branco e sandálias, nadando cachorrinho até o fundo do mar, com suas tranças flutuando em volta da cabeça.

Com o sobressalto engoli um monte de água e tive que voltar à superfície tossindo e cuspindo.

– Onde está ela? – Vó Flowers gritou. – Ela se afogou? Oh, não, minha Kahu –. E antes que eu pudesse detê-la, jogou-se na água ao meu lado, quase esvaziando o oceano todo. Ela não me deu nenhuma chance de explicar, arrancando de mim a máscara de mergulho e enfiando-a em sua cabeça. Então ela tentou mergulhar, mas seu vestido estava tão cheio de ar que, por mais que tentasse, permanecia na superfície, como um balão de pernas pro ar, se debatendo loucamente. De qualquer forma, duvido que ela teria conseguido apenas submergir, porque estava tão gorda que jamais afundaria.

– Oh, Kahu – Vó Flowers gritou outra vez. Mas dessa vez eu recomendei que ela respirasse fundo e olhasse pra baixo da água, para onde eu apontaria.

Enfiamos as cabeças debaixo da superfície. De repente, apontei para baixo. Kahu vasculhava o recife, flutuando em volta do coral. Os olhos de Vó Flowers se arregalaram incrédulos.

O que for que Kahu estivesse procurando, estava tendo dificuldade em encontrar. Bem naquele momento, silhuetas brancas surgiram da escuridão dirigindo-se na direção dela a toda velocidade. Pensei que fossem tubarões, e Vó Flowers começou a soltar bolhas de terror.

Eram mesmo golfinhos. Eles deram voltas ao redor de Kahu e pareciam estar falando com ela. Ela fez sinais com a cabeça e abraçou o corpo de um deles. Com a velocidade de um raio, os golfinhos levaram-na para outra área do recife e ali pararam. Kahu pareceu dizer: *Aqui mesmo?* e foi a vez dos golfinhos fazerem sinais de confirmação.

De repente Kahu esticou rapidamente o braço para agarrar algo. Ela inspecionou o achado, pareceu satisfeita e voltou para os golfinhos. Lentamente, a menina e os golfinhos foram subindo em nossa direção. Mas mal tinham chegado ao meio do caminho, Kahu parou de novo. Deu um beijo de despedida para os golfinhos e Vó Flowers quase teve um ataque quando a viu retornando ao recife. Ela ainda pegou uma lagosta e retomou sua viagem de volta à superfície. Os golfinhos pareciam sonhos prateados enquanto desapareciam no fundo do mar.

~~~~~~~~~~~~~

Vó Flowers e eu ainda nos debatíamos na água quando Kahu surgiu entre nós, afastando o cabelo do rosto e piscando para livrar os olhos da água do mar. Vó Flowers, soluçando, a abraçou forte ainda dentro da água.

— Estou bem, Vó —. Kahu ria.

Ela nos mostrou a lagosta: — Isto é para o jantar de Paka — disse-nos. — E você pode devolver para ele a sua pedra.

Ela colocou a pedra nas mãos de Vó Flowers. Vó Flowers deu uma olhadinha rápida para mim. Enquanto nos içávamos de volta para a canoa, ela disse: – Nem um pio sobre isso para Koro Apirana.

Eu acenei concordando. Olhei para trás na direção da terra e vi, ao longe, como um prodígio, a escultura de Paikea montado em sua baleia.

Assim que chegamos à praia, Vó Flowers repetiu: – Nem uma palavra, Rawiri. Nem uma palavra sobre a pedra ou sobre Kahu –. E ergueu os olhos para Paikea.

– Ele ainda não está preparado – ela disse.

O mar parecia tremer em antecipação.

Haumi e, hui e, taiki e.

Que seja feito.

Inverno

Canção da Baleia, Cavaleiro da Baleia

14

O trovão ressoou abafado debaixo da água como uma porta imensa se abrindo ao longe. De repente, o mar se encheu com um canto prodigioso, uma canção carregada de eternidade. Então a baleia surgiu na superfície como uma erupção do mar e, montado em sua cabeça, estava um homem. Ele era maravilhoso de se olhar. Era o cavaleiro da baleia.

Ele viera, o cavaleiro da baleia, da ilha sagrada no leste longínquo. Ele tinha convocado a baleia, dizendo: – Amigo, você e eu fomos incumbidos de levar os presentes da vida para a nova terra, levar as sementes que dão vida para que elas frutifiquem –. A jornada fora longa e árdua, mas o convívio íntimo que se estabelecera entre eles enquanto sulcavam os mares do sul a toda velocidade, enchera a baleia de alegria.

Então eles chegaram à terra, e num lugar chamado Whangara, o cavaleiro dourado desmontou. Levara os presentes de Hawaiki para o povo, e a terra e o mar floresceram.

Por um tempo a baleia descansara no mar que dava vista a Whangara. O tempo passou como uma rápida correnteza, mas seu passar trouxe os primeiros sinais da separação. Seu mestre dourado encontrara uma mulher e se casara com ela. O tempo passou, o tempo passou como um sonho. Um dia o mestre dourado da baleia se aproximara do grande animal e havia tristeza em seus olhos.

– Uma última cavalgada, amigo – seu mestre dissera.

Em júbilo, raiva e desespero, a baleia levou seu mestre dourado mais fundo que todas as outras vezes e cantou para ele das ilhas sagradas e da amizade entre eles. Mas seu mestre se manteve firme. Ao fim da cavalgada, dissera: – Eu gerei e logo filhos virão para mim. Meu destino reside aqui. Quanto a você, volte para o Reino de Tangaroa e para sua própria espécie.

A dor no coração por causa da separação jamais deixou a baleia, e tampouco a recordação do toque frente a frente, nariz a nariz, no último *hongi*[5].

~~~~~~~~~~

Antártida. O Poço do Mundo. Te Wai Ora o te Ao. Por cima, o continente gelado era varrido por uma tempestade desumana, furiosa. Por baixo, onde as Fúrias não podiam alcançar, o mar estava calmo e irreal. A luz brincava delicadamente sobre as várias camadas de água congelando e de gelo, e envolvia o reino submarino numa luminescência sobrenatural. As gigantescas raízes do gelo que se estendiam desde

---

5 *Hongi* é a saudação tradicional maori, esfregando nariz contra nariz, cada vez menos praticada nos últimos anos. É interessante imaginar o herói mítico esfregando seu nariz contra aquele de um cachalote. (N.T.)

a superfície cintilavam, resplandeciam, tremeluziam e lançavam prismas de luz como luzes intermitentes numa imensa catedral subterrânea. O gelo estalava, gemia, estremecia e murmurava com glissandos ondulantes, um órgão gigantesco tocando uma sinfonia titânica.

Por dentro do gelo dos tubos de flauta, o grupo de baleias se movimentava com infinita graça numa procissão santificada. Dessa forma, elas contribuíam com sua própria harmonia coral para a orquestração da natureza. Seus movimentos eram lânguidos e líricos, desmentindo a realidade física de seu tamanho; as nadadeiras de suas caudas acariciavam gentilmente a água, numa manobra que as levava cada vez mais para o sul. Em volta e acima delas, os leões marinhos, os pinguins e outros habitantes da Antártida circulavam para cima e para baixo, rápidos ou lentos, numa graciosa valsa.

Então chegou o momento em que as baleias não puderam seguir adiante. Seus sonares indicavam que o que tinham na frente era uma parede sólida de gelo. Transtornado, o velho macho soltou uma série ondulante de harmônicos, apelo desesperado por orientação. Se seu mestre dourado estivesse junto, ele sim saberia lhe dar a direção a seguir.

De repente, um feixe de luz penetrou o mundo submarino e o transformou em um gigantesco salão de espelhos. Em cada um deles, o velho macho vislumbrava uma imagem de si sendo esporeado para frente pelo seu mestre dourado. Ele virou rapidamente e, de repente, uma cascata de farpas de gelo cercou o grupo como lanças. As fêmeas mais velhas estremeceram, pulsando seu pavor para ele. Já estavam muito mais ao sul do que jamais estiveram antes, e o jogo de espelhos, para elas, parecia projetar a imagem de um túmulo de cristal para todos. Cabia a elas comunicar a gravidade da situação para seu líder.

A aurora boreal brincava acima do mundo de gelo, e a luz refletida parecia um sonho hipnótico para a velha baleia macho. Ele começou a acompanhar a luz, afastando-se do mergulho rumo ao sul. Ao mesmo tempo, foi aumentando a velocidade, provocando tantas turbulências na água que deixava um rastro de cascatas de gelo no reino submarino. Com seus 21 metros de comprimento, há muito tempo ele não tinha mais flexibilidade para qualquer manobra em alta velocidade.

O bando seguiu por entre avalanches de destroços de gelo. Viram seu líder emergindo e milhares de estrelas surgirem na superfície do mar em volta dele. Começaram a lamentar, porque sabiam que sua jornada rumo às ilhas ameaçadoras estava se tornando uma realidade. Seu líder estava completamente enfeitiçado pela epopeia dos sonhos com o cavaleiro dourado. O cavaleiro dourado há tanto tempo era parte da genealogia e das lendas das baleias, que agora não havia como arrancá-lo dos pensamentos do líder. A última jornada estava começando, e a Morte era o que as esperava na chegada.

A aurora boreal era como Hime Nui Te Po[6], *a Deusa da Morte, espalhando seu fulgor sobre a terra radiante. As baleias deslizaram velozes pelos mares do sul.*

Hanui e, hui e, taiki e.

Que seja feito.

---

6 Hine-nui-te-po (a Grande mulher da noite), na mitologia maori, é também a deusa da noite e do mundo subterrâneo. (N.T.)

15

Não muito tempo depois que Kahu mergulhou em busca da pedra, nas primeiras horas da manhã, um jovem fazia jogging na praia de Wainui, não muito longe de Whangara, quando reparou um grande tumulto no mar. – De repente, o horizonte ficou cheio de calombos –, ele disse, tentando descrever o fenômeno – e as protuberâncias se deslocavam numa massa sólida para a praia –. Olhando o que acontecia, o jovem se deu conta de que ele seria testemunha do encalhe de um bando imenso de baleias. – Elas vinham chegando, cada vez mais –. contou para o *Gisborne Herald* – e não retornavam pro mar. Corri para o quebra-mar. Em volta só havia baleias encalhando. Elas assobiavam, era um som arrepiante, lúgubre, assombroso. De vez em quando elas esguichavam. Deu vontade de chorar.

A notícia se espalhou rapidamente pela cidade, e as estações de rádio e televisão locais enviaram repórteres para Wainui. Por sua própria iniciativa, um cinegrafista fretou um helicóptero do lugar para sobrevoar a cena. As tomadas trêmulas que ele gravou aquela manhã acabaram se tornando as imagens lembradas por todos nós. Nas primeiras luzes da manhã, espalhadas por duas milhas do litoral, há duzentos cetáceos – machos, fêmeas e jovens – esperando a morte. As ondas rugem e quebram contra seus corpos largados. A praia está pontilhada de silhuetas humanas, atraídas pela tragédia. O piloto do helicóptero vira para a câmera e diz: – Estive no Vietnã, sabe, e participei das matanças de veados lá no sul –. Seus lábios tremem e seus olhos se enchem de lágrimas. – Mas juro, isso aí parece o fim do mundo.

Especialmente um trecho da filmagem da reportagem ficará marcada de forma indelével em nossas lembranças. A câmera dá um zoom em uma das baleias que foi carregada pelas ondas areia acima, na praia. Um caminhão desceu na areia até ficar ao lado da baleia, deitada de lado, com sangue jorrando pela boca. Mas ela ainda estava viva.

Cinco homens estão trabalhando em cima da baleia. Eles estão manchados de sangue. Enquanto o helicóptero paira sobre eles, um dos homens para e sorri diretamente para a câmera. O olhar é triunfante. Ele ergue os braços em sinal de vitória, e a câmera mostra que ele tem uma serra elétrica em suas mãos. Então o foco se dirige aos outros homens, imersos na maré que sobe. A serra acabou de cortar a mandíbula inferior da baleia. Os homens riem tentando arrancar a mandíbula da baleia massacrada. Quando finalmente a mandíbula se solta, do corpo jorra um grande jato de sangue, num fluxo escuro que encharca os homens. Sangue, risos, dor, vitória, sangue.

Foi aquela sequência de carnificina humana, mais que qualquer outra, que desencadeou sentimentos de mágoa e raiva entre a população do litoral. Alguns puderam até argumentar que, pelos valores maori, uma baleia encalhada representava tradicionalmente um presente dos deuses, e que aquelas ações poderiam, portanto, ser justificáveis. Mas outros tinham sentimentos mais primordiais de amor pelos animais que antigamente foram nossos companheiros vindos do Reino do Senhor Tangaroa. Tampouco era só questão de uma baleia, entre tantas; tratava-se de duzentos membros de uma espécie ameaçada de extinção.

Naquela época Kahu acabava de completar oito anos, e Koro Apirana tinha viajado para a Ilha do Sul junto com Porourangi. Liguei para eles para lhes contar o que estava acontecendo. Koro disse: – Sim, já sabemos. Porourangi ligou pro aeroporto para ver se conseguimos embarcar no avião de volta. Mas o tempo está ruim e vai ser difícil sair daqui. Vai você pra Wainui. O que está acontecendo é um sinal pra nós. Não estou gostando. Não gosto nada disso.

Sabendo da intimidade de Kahu com o mar, fiquei contente que ainda estivesse dormindo quando a notícia foi divulgada. Eu disse para Vó Flowers: – Melhor você segurar nossa Kahu em casa hoje. Não deixe ela saber o que está acontecendo –. Os olhos de Vó brilharam. Ela concordou com um aceno de cabeça.

Montei na minha moto e dei uma volta para acordar a turma. Eu não tinha me dado conta antes, mas quando pegamos os outros de surpresa, pode ter certeza que vamos descobrir um monte sobre eles. Por exemplo, um dos garotos dormia de bruços com o polegar na boca. Billy tinha bobes nos cabelos e um cigarro pendurado nos lábios. E um terceiro dormia de roupas e a moto estava na cama com ele.

– Vamos lá, parceiros – eu disse. – Temos muito trabalho pela frente –. Nos juntamos em vários cruzamentos da estrada, e fomos embora acelerando. Ao invés de seguirmos pela estrada, que era o caminho mais longo, cortamos por campos e praias, voando como lanças para ajudar a salvar as baleias. O vento zunia entre nós enquanto a paisagem desfilava a toda velocidade. Billy ia na frente e nós o seguíamos – tem que admitir que ele sabe todas mesmo, atalho é com ele. Não é por nada que os tiras nunca o pegaram. Voamos por cima das cercas, invadimos potreiros, pulamos por cima de riachos e fugimos da maré que subia. Estávamos todos gritando e urrando de excitação pela corrida louca quando Billy nos levou para um mirante de onde podíamos ver Wainui de cima.

– Aí estão – disse.

As gaivotas voejavam em cima da praia. Tão longe quanto se podia ver, havia baleias se debatendo na grande curva de areia. A espuma da arrebentação já estava vermelha de sangue. Seguimos a toda velocidade para nossa missão de socorro.

~~~~~~~~~~~

As gaivotas, cada vez mais numerosas na praia, ficaram enfurecidas com nossas motos passando entre elas a toda velocidade. A primeira coisa que vimos foi uma velha senhora, de aparência europeia, sentada numa baleia que alguns indivíduos estavam tentando rebocar até a praia com um trator. Eles tinham amarrado uma corda na cauda da baleia, e estavam ficando cada vez mais bravos com a velhinha, xingando-a e maltratando-a para que se afastasse. Mas ela logo voltava e se sentava na baleia outra vez, com muita determinação nos olhos. Nos lançamos em seu socorro e aí começou a primeira briga feia do dia.

– Muito obrigada, cavalheiros – disse a velha senhora. – A baleia já morreu, é claro, mas como pode o ser humano ser tão nojento?

Naquele ponto, a maioria dos moradores da área já estava na praia, alguns deles ainda de pijama. Havia muitos idosos morando perto de Wainui, e era impressionante vê-los tentar parar gente mais jovem de massacrar as baleias, como se fosse uma pilhagem. Quando uma das velhas nos viu, ela virou para nós de cara feia e ergueu sua pantufa rosa choque de forma ameaçadora.

– Pare, senhora –, disse Billy – nós somos do bem.

Ela arregalou os olhos, desconfiada. Então disse: – Bem, se são mesmo do bem, deveriam ir lá atrás daqueles, que são do mal –. Ela apontou um caminhão estacionado ao lado de uma baleia agonizante. Lá havia um bando de brutamontes içando uma mandíbula amputada para a caçamba do caminhão. Enquanto nos aproximávamos, vimos um velho brigando com eles. Um dos jovens lhe deu um soco na boca, e ele tombou. A mulher dele deu um grito agudo.

Nós fomos pra cima do caminhão com as motos.

– Ei, cara –, eu sibilei, apontando para o animal chacinado, – essa baleia pertence a Tangaroa –. O fedor das vísceras e do sangue era nauseante. As gaivotas mergulhavam na arrebentação sanguinolenta.

– E quem é que vai nos impedir?

– Nós! – disse Billy. Ele agarrou a serra elétrica, ligou e, no mesmo instante, serrou os pneus dianteiros do caminhão. Aí começou a segunda briga feia do dia.

Foi naquele momento que chegaram os tiras e a polícia florestal. Acho que eles tiveram alguma dificuldade para distinguir quem era do bem e quem era do mal, já que começaram a bater em todo mundo. Então a velha de pantufas rosa choque chegou. Balançou a pantufa na cara do policial e disse: – Não *eles*, seu bobo estúpido. Esses estão do *nosso* lado.

O policial riu. Olhou rápido pra todo mundo: – Neste caso, minha senhora, suponho que teremos que trabalhar juntos. Certo, companheiros?

Olhei para a turma. A gente tinha uma relação nada boa com a polícia. Mas dessa vez a gente concordou.

– Bom – disse o policial. – Meu nome é Derek. Vamos esvaziar essa praia e criar um cordão de isolamento. Daqui a pouco teremos o pessoal da Marinha, vindo de Auckland –. Ele berrou. – Alguém por aqui tem roupa de mergulho? Quem tiver, que a vista. Vamos precisar de toda a ajuda possível.

A turma e eu ficamos de esvaziar a praia. Organizamos uma patrulha de motos, indo e voltando ao longo da areia da praia, para manter os curiosos afastados da água. Os moradores nos ajudavam. Vi uma silhueta, que me pareceu familiar, descendo a trote para a praia. A mulher devia ter pedido emprestado do filho uma roupa de mergulho, mas eu teria reconhecido aquelas pantufas rosa choque em qualquer lugar.

~~~~~~~~~~~

Todos nós que estivemos lá aquele dia e noite estaremos ligados para sempre pela experiência com as baleias encalhadas. Elas estavam amontoadas, encostadas uma na outra, chorando como bebês. Derek nos organizara em grupos, oito pessoas para cuidar de cada baleia. – Tentem refrescá-las o tempo todo – disse. – Joguem água nelas; senão elas podem ficar desidratadas. O sol vai ficar mais quente. Não parem de jogar água, mas tentem não obstruir o respiradouro, senão podem sufocar. E mais que tudo, tentem evitar que deitem de lado.

Aquele era um trabalho difícil e pesado, e eu fiquei maravilhado com a energia que alguns daqueles velhos colocavam na tarefa. Um deles ficava falando para a sua baleia, e rebateu para o vizinho: – E *você*, por acaso, não fala com suas plantas! – Naquele momento a baleia levantou a cabeça, olhando para os dois velhinhos, e pareceu soltar uma risadinha. – Meu, a baleia entende! – disse o velho. Foi assim que o boato correu de boca em boca entre os socorristas na praia.

Falem com as baleias.

Elas entendem.

Elas entendem.

A maré ainda subia. O pessoal da Marinha chegou, e também membros de Greenpeace, Project Jonah e Amigos da Terra. Dois helicópteros pairavam sobre nossas cabeças largando, do alto, mergulhadores no mar.

Todo mundo se reuniu para decidir o que fazer com a situação. Decidimos tentar rebocar as baleias de volta para o mar, usando todo tipo de veículo. Embora a maior parte das baleias não gostasse de ser rebocada pela cauda e opusesse resistência, tivemos bastante sucessos. Nessa primeira tentativa, levamos cento e quarenta baleias de volta para o mar, com grandes aclamações ao longo da praia. Mas as baleias pareciam crianças perdidas, se debatendo e se juntando de novo nas águas mais fundas, para depois tentarem voltar para junto daquelas ainda encalhadas ou já mortas. Os aplausos se apagaram quando, aos poucos, todas as baleias salvas voltaram por sua própria conta, para encalhar mais uma vez, com a maré baixa.

— Muito bem, gente — chamou Derek. — Voltamos para o ponto zero. Vamos mantê-las fresquinhas. E nós, vamos manter o alto astral.

O barulho do mar quase encobria suas palavras, e as gaivotas berravam sem parar acima das nossas cabeças. O sol alcançou o zênite e começou seu lento declínio. Vi que chegavam crianças de ônibus para nos ajudar. Algumas escolas liberaram os estudantes mais velhos para se juntar ao salvamento. Muitas das pessoas de idade ficaram aliviadas com o revezamento. Outras, contudo, quiseram ficar. Para elas, a *sua* baleia havia se tornado um membro da família. — Não posso deixar Sofia sozinha agora — dizia uma das mais velhinhas. O sol espalhou seus raios pela areia.

As baleias continuavam morrendo. A cada uma que morria, as pessoas que cuidavam dela se abraçavam chorando. Tentávamos afastar à força as baleias mais jovens e as mais saudáveis, aquelas que tinham voltado para fazer companhia para as que agonizavam. Quando uma baleia maior virava de lado, muitos filhotes tentavam lhe dar apoio, esfregando seus corpos na cabeça da baleia que morria. O tempo todo os bichos soltavam lamentos de desespero e gritos de alarme, como crianças perdidas.

Alguns dos mais velhos se recusavam a deixar a praia. Começaram a cantar *Onward, Christian Soldiers*.[7] Continuaram tentando reerguer as baleias, balançando-as de um lado e de outro para reequilibrá-las, e incentivando-as a nadar em grupos. Ficou logo evidente, contudo, que as baleias não queriam que as afastassem daquelas que ficavam na praia. Então, o policial decidiu que deveríamos nos esforçar para escoltar as sobreviventes num único grande grupo até o mar aberto. Pareciam perceber que estávamos tentando ajudá-las e não ofereceram nenhuma resistência. A maioria já estava exausta, mas quando perceberam que as içávamos para empurrar de volta para o mar, elas colocaram suas últimas energias num esforço para nadar e soprar.

De algum modo conseguimos empurrar de novo as baleias pro mar, com a ajuda da maré montante. Mas tudo o que elas faziam era lamentar e prantear seus mortos; depois de vaguear

---

7 Hino escrito em 1865 por Sabine Baring-Gould e pelo compositor Arthur Sullivan, que se tornou o hino do Exército da Salvação, e o maior sucesso da carreira musical de Sullivan (N.T.)

sem rumo, retornavam para acalantar seus queridos. O mar sibilava e quebrava, subia na areia e baixava murmurando. As baleias cantavam uma música plangente, como um som de flauta, que aos poucos foi apagando, apagando, apagando.

~~~~~~~~~~~~

Até o final da tarde, todas as baleias tinham morrido. Duzentas baleias sem vida, na praia e na água. A turma e eu ficamos até os últimos espasmos da morte. Algumas pessoas da cidade trouxeram refrescos e ofereciam café. Vi a senhora das pantufas rosa choque bebericando café e olhando no infinito do mar.

— Lembra de mim? – perguntei. – Meu nome é Rawiri. Sou um dos caras do bem.

Havia lágrimas em seus olhos. Ela apertou minha mão num gesto de solidariedade.

— Até mesmo quem luta para o bem –, disse – não pode ganhar toda vez.

~~~~~~~~~~~~

Quando voltei para Whangara aquela noite, Vó Flowers disse: – Kahu sabe das baleias –. Acabei encontrando-a na encosta acima do mar. Kahu lançava apelos ao oceano, fazendo aquele miado prolongado e, depois, esticando a cabeça para ouvir alguma resposta. O mar eterno era só silêncio.

Tentei consolá-la. A lua encharcava o céu na solidão. Ouvi um eco da voz de Koro Apirana: – Este é um sinal para nós. Não gosto nada disso –. De repente, com grande clareza, eu soube que o nosso desafio final estava chegando. Apertei Kahu bem perto de mim, como que para tranquilizá-la. Um arrepio me tomou de surpresa quando, lá longe no mar, um trovão abafado ressoou como uma porta imensa se abrindo à distância.

Haumi e, hui e, taiki e.

Que seja feito.

16

Sim, as pessoas da região lembram vividamente do encalhe das baleias, porque televisão e rádio levaram o acontecimento para dentro das nossas casas naquela noite. Mas não havia nem câmeras de televisão nem repórteres de rádio para registrar o que aconteceu em Whangara na noite seguinte. Talvez fosse até melhor assim, porque mesmo agora tudo parece um sonho. Talvez, ainda, o drama encenado naquela noite só devia ser presenciado pelos membros da tribo e mais ninguém. Em qualquer dos casos, o encalhe anterior das baleias foi apenas um prelúdio do evento sobrenatural que se seguiu, um evento que teve toda a potência cataclísmica e a grandiosidade de uma Segunda Vinda.

~~~~~~~~~~

O trovão abafado e o raio bifurcado do dia anterior foram progredindo rapidamente por cima do mar como uma nuvem luminosa. Para nós era como uma grande investida tumultuosa dos elementos, trazendo consigo ventos gelados da Antártida.

Vó Flowers, Kahu e eu observávamos o tempo ansiosamente. Estávamos no aeroporto, esperando pelo voo que traria Koro Apirana e Porourangi de volta para nós. De repente, o avião apareceu, sacudindo-se como um albatroz, fugindo dos ventos que anunciavam a chegada da tempestade. Era como se Tawhirimatea[8] estivesse tentando jogar o avião no chão com toda sua ira.

Koro Apirana estava pálido e enjoado. Ele e Vó Flowers brigam o tempo todo, mas dessa vez ele não pode esconder o alívio ao vê-la. – Oh, querida – ele sussurrou, apertando-a entre os braços.

– Foi difícil lá no sul – Porourangi disse, tentando explicar a agitação de Koro. – Lá, a disputa pelas terras é complicada, e acho que Koro está preocupado com a decisão do juiz. Então, quando soube das baleias, ficou ainda pior.

O vento começou a uivar e berrar como se estivéssemos cercados de assombrações.

– Está acontecendo algo – resmungou Koro Apirana. – Não sei o que é. Mas é algo.

– Tá tudo bem – Kahu parecia acalentá-lo. – Vai estar tudo bem, Paka.

Recolhemos as malas e corremos até a perua. Enquanto cruzávamos a cidade, a nuvem luminosa parecia estar sempre na nossa frente, como um prodígio.

~~~~~~~~~~

Mesmo antes de chegarmos à praia de Wainui, deu para sentir o cheiro e o gosto da Deusa da Morte. O vento estava ainda

---

[8] Tawhirimatea, ou simplesmente Tawhiri, na mitologia maori, é o deus do tempo (metereológico), isto é, das tempestades, dos raios, do trovão, das nuvens, dos ventos, da neblina e da chuva, considerados seus filhos. (N.T.)

castigando a paisagem, com chicotadas que balançavam brutalmente nosso carro. Vó Flowers se agarrava ao cinto de segurança como se sua vida dependesse disso.

– Tá tudo bem – Kahu dizia. – Lá, lá, Vó.

De repente, eu percebi, diante do carro, um policial fazendo sinais com uma lanterna. Nos disse para dirigir com cuidado porque adiante havia escavadeiras cavando valas enormes na areia para enterrar as baleias mortas. Então, ele me reconheceu como um daqueles que tinham tentado ajudar. Seu sorriso de saudação expressou sua tristeza.

Fui dirigindo cautelosamente ao longo da estrada. À nossa direita podia ver as silhuetas monstruosas das niveladoras, desenhadas contra o céu tumultuado. Mais longe, na praia, à beira do oceano, estavam as baleias, balançando na arrebentação. A cena toda parecia uma pintura surreal, não como um pesadelo, mas imensamente trágica. O que havia dado no bando de baleias para se comportar dessa forma suicida? O vento jogava areia e lama no pára-brisa da perua. Ficamos olhando em silêncio.

– Pare – disse então Koro Apirana.

Parei o carro. Koro Apirana saiu, cambaleando sob os ataques do vento.

– Deixe ele – disse Vó Flowers. – Deixe ele sozinho com as baleias. Ele precisa carregar esse luto.

Mas o transtorno de Koro me deixava apreensivo. Desci do carro também. O vento congelava. Fui me aproximando dele.

Olhou para mim com olhos que pareciam possuídos, e seu olhar parecia buscar uma explicação para tudo aquilo.

– *No wai te he?* – ele gritou. – Quem tem culpa por tudo isso?

As gaivotas cataram suas palavras com seus bicos, seus gritos ecoando as sílabas lá no céu.

Quando voltamos para a perua, vi a carinha de Kahu, branca e imóvel contra o vidro.

– Isto é um sinal para nós – Koro Apirana disse de novo.

~~~~~~~~~~

Viramos para sair da autoestrada principal e entrarmos na estrada que leva a Whangara. Estava tão escuro que precisei ligar os faróis altos. Levantando os olhos até a nuvem luminosa, a impressão mais estranha era que o centro da nuvem estava exatamente sobre a vila. Tive um surto de pânico e só fiquei aliviado quando avistamos Whangara.

Whangara deve ser um dos lugares mais lindos do mundo, como um ninho de martim pescador boiando na água no solstício de verão. Ali estava, com a igreja em primeiro plano e o *marae*[9] atrás, suas silhuetas se destacando contra o mar agitado. E lá estava Paikea, nossa eterna sentinela, sempre à espreita de qualquer um que quisesse atacar seus descendentes. Vista dessa forma, a vila era um paradigma da normalidade, considerando os eventos que estavam para acontecer.

---

9 O santuário e centro comunitário das sociedades polinésias, com ao centro a pedra sagrada *a'u* (N.T.)

Seguimos com o carro até nossa casa.

— Kahu, ajude a levar as malas de Koro pra dentro — lhe disse. — Então levo você e seu pai pra casa. Certo?

Kahu fez sinal que sim. Ela apertou o avô nos braços e disse novamente: — Tá tudo bem, Paka. Tudo vai ficar bem.

Ela agarrou a mala e a levou para a varanda. Enquanto saíamos da perua e subíamos atrás dela, de repente, o ventou se calou.

Jamais esquecerei o olhar no rosto de Kahu. Ela olhava fixamente para o mar e aquilo era como se estivesse olhando para o passado, com uma expressão de calma, de aceitação. Nós viramos todos para ver o que Kahu enxergava.

A terra se debruçava sobre o mar. A superfície da água era de um verde brilhante, que passava gradualmente para o azul escuro e depois para um roxo intenso. A nuvem luminosa parecia fervilhar num lugar preciso, lá no horizonte.

De repente, ouviu-se um estrondo abafado vindo de dentro da água, como uma porta gigantesca se abrindo há mil anos. Naquele lugar, abaixo das nuvens, a superfície do mar resplandecia como poeira de ouro. Então raios azuis vieram na nossa direção, saindo do mar, riscando o céu como mísseis. Me pareceu até ter visto algo voando pelo ar, cruzando os éons, para finalmente mergulhar no coração da vila.

Uma sombra escura começou a emergir das profundezas, e depois outras, e outras, subindo, sempre subindo. De repente, a primeira sombra irrompeu na superfície, e pude ver que era um cachalote. Leviatã. Emergindo das profundezas. Rasgando a pele do mar. E a sua vinda encheu o ar de riscos de raios e de um canto sobrenatural.

Koro Apirana soltou um grito de agonia, pois aquele não era um bicho qualquer, uma baleia comum. Aquele cachalote viera do passado e, em sua vinda, enchia o ar com seu canto.

Karanga mai, karanga mai,

karanga mai.

Seus companheiros também começaram a estourar a superfície, sintonizando o chamado com a música celestial.

A tempestade finalmente soltou toda sua fúria e força para cima da terra. O mar foi enchendo de cetáceos e, na vanguarda, estava seu antigo líder, marcado por mil batalhas.

Karanga mai, karanga mai,

karanga mai.

Na frente da cabeça do cachalote, o símbolo sagrado, a tatuagem em forma de espiral, irradiando seu poder através do céu cada vez mais escuro.

~~~~~~~~~~

Mergulhei com minha moto noite adentro, apesar da chuva, de casa em casa, para convocar a turma. – Lamento, caras – dizia para eles enquanto os arrancava da cama. – Precisam de nós de novo.

– Chega de baleias, né – eles reclamavam.

– Que nada – eu dizia. – Mas dessa vez é outra coisa, gente, outra coisa mesmo. Essas baleias estão aqui mesmo, em Whangara.

Koro Apirana dera suas instruções para Porourangi e para mim. Tínhamos que reunir a turma e os homens disponíveis da vila e pedir-lhes para virem até o centro comunitário. E tudo bem depressa.

– O quê? – Vó Flowers dissera indignada. – E quanto às mulheres! Temos mãos para ajudar.

Koro Apirana sorriu um sorriso cansado, mas sua voz soou firme enquanto respondia: – Não quero que você se meta nisso, Flowers. Você sabe tão bem quanto eu que essa é uma tarefa sagrada.

Vó Flowers ficou mordida: – Mas você não tem homens suficientes para dar conta. E tome cuidado mesmo. Se eu achar que tenho que ajudar, bem, eu vou me transformar em homem. Exatamente como Muriwai.

– Por enquanto –, Koro Apirana disse – deixe que eu cuido da organização. Se as mulheres quiserem mesmo ajudar, chame-as para se reunirem com você na sala de jantar, e fiquem por aí.

Ela olhou fundo nos olhos dele, enquanto ele lhe dava um beijo. – Repito –, ela admoestou – me tornarei como Muriwai se for preciso. Kahu também, se tiver que ser.

– Você mantenha Kahu longe disso, *e Kui* – disse Koro Apirana. – Ela não tem nenhuma serventia para mim.

Com isso, ele voltou-se para Porourangi e para mim. Quanto a Kahu, ela olhava fixamente para o chão, resignada, parecendo lamentar.

Fomos todos juntos olhar o cachalote com o símbolo sagrado, sulcando o mar na nossa direção. O resto das baleias se afastou, à espera, emitindo longos chamados ondulados, direcionados ao velho macho fora de controle, que foi se jogando vigorosamente para a praia. Deu para perceber o tremor quando encalhou. Enquanto olhávamos, apavorados, vimos o velho macho arrastar-se, por meio de contrações musculares praia adentro. Então, com um imenso suspiro, deixou seu corpo rolar para o lado direito e foi se preparando para a morte.

Cinco ou seis das fêmeas mais velhas tinham se separado do grupo para ficar perto do velho macho. Elas cantavam para ele, tentando encorajá-lo a voltar para o mar aberto, onde o resto do bando estava esperando. Mas o velho macho permaneceu imóvel.

Depois do encalhe, nos precipitamos para a praia. Nenhum de nós estava preparado para o tamanho físico do animal. De perto, parecia ainda mais gigantesco. Uma força psíquica primordial irradiava do turbilhão da tatuagem. Com seus vinte e dois metros de comprimento, ele carregava para o nosso presente a força imensa do nosso passado sobrenatural.

Então, envolto pelo vento e pela chuva, Koro Apirana fora aproximando-se do cachalote. – Ó, mais sagrado –, ele chamou – nós te saudamos. Viestes para morrer ou para viver? – Não houve resposta para sua pergunta. Mas o cetáceo ergueu a gigantesca nadadeira de sua cauda, e nós ficamos com a sensação de que a decisão fora colocada em *nossas* mãos.

Foi então que Koro Apirana pediu que os homens se reunissem no centro comunitário.

~~~~~~~~~~~~~~

Lá fora era vento e chuva, raios e trovões. Os relâmpagos iluminavam a praia onde jazia o cachalote encalhado. Longe no mar, o grupo de baleias esperava, confuso. De vez em quando uma das velhas fêmeas se aproximava da arrebentação para acalantar o velho macho e expressar seu amor por ele.

No âmago do centro comunitário havia calor, perplexidade, determinação e incerteza, enquanto aguardávamos que as palavras de nosso chefe, Koro Apirana, amalgamassem nossas expectativas para a união da tribo. O barulho das mulheres reunidas na sala de jantar sob a supervisão de Vó Flowers chegava até nós como uma canção de apoio. Enquanto eu fechava a porta do centro comunitário, vi o rosto de Kahu, como um pequeno golfinho, olhando fixamente para o mar. Ela estava fazendo de novo aquele miado.

Koro Apirana nos levou para fora para rezar. Sua voz subia e descia como o mar. Então saudou o espaço sagrado, nossos ancestrais, e a tribo voltou a se reunir dentro da casa. Por um momento, silenciou, procurando as palavras, e começou a falar.

— Bem, pessoal —, ele disse — não estou vendo muitos de nossa gente. Contei vinte e seis.

– Não esqueça de mim, Koro – interrompeu um menino de seis anos.

– Vinte e sete, então –, Koro Apirana disse, e sorriu – por isso precisamos nos tornar um em corpo, mente, alma e espírito. Mas, para começar, temos que concordar no que fazer –. Sua voz se calou. – Para explicar, tenho que recorrer à filosofia, e eu nunca frequentei nenhuma universidade. Minha faculdade foi a lição de apanhar muito.

– Essa é mesmo a melhor escola de todas – alguém gritou.

– Então vou ter que explicar do meu jeito. Um dia, nosso mundo era uma coisa só, na qual os deuses se comunicavam com nossos ancestrais, e o ser humano se comunicava com os deuses. Em alguns casos, os deuses concediam poderes especiais para alguns de nossos antepassados. Por exemplo, para nosso antepassado Paikea – Koro Apirana apontou para o telhado – foi atribuído o poder de falar com as baleias e de liderá-las. Dessa forma, o ser humano, os bichos e os Deuses viviam em total comunhão.

Koro Apirana andava para frente e para trás enquanto refletia.

– Mas –, ele continuou – aconteceu que o ser humano vestiu o manto da arrogância e quis se colocar acima dos deuses. Ele até tentou vencer a Morte, mas falhou. Enquanto ficava cada vez mais arrogante, ele foi abrindo uma fenda na unicidade primordial do mundo. No decorrer do Tempo, ele acabou dividindo o mundo na metade na qual era capaz de acreditar e numa outra metade na qual ele não acreditava mais. O real e o irreal. O natural e o sobrenatural. O presente e o passado. O científico e o imaginário. Colocou uma barreira entre esses dois mundos, e tudo o que estava do seu próprio lado era chamado de racional, e tudo o que estava do outro lado era definido irracional. Até a crença em nossos deuses m*aori* –, enfatizou – passou a ser considerada irracional.

Koro Apirana fez uma nova pausa. Ele nos tinha na palma de suas mãos e levava em conta nossa ignorância, mas assim mesmo eu me perguntava onde ele queria chegar. De repente, ele apontou para o mar.

– Todos vocês viram o cachalote –, ele disse. – Todos vocês viram o símbolo sagrado tatuado na sua cabeça. Pois será que a tatuagem está lá por acidente ou foi por desígnio? Por que uma baleia com essa aparência específica encalhou a si mesma aqui e não em Wainui? Isso tudo pertence ao mundo real ou ao mundo irreal?

– Ao real – alguém respondeu.

– Isso é mesmo natural ou sobrenatural?

– Sobrenatural – disse uma segunda voz.

Koro Apirana ergueu as mãos para cessar o debate. – Não –, disse – é *ambos*. Isso é algo que veio para nos fazer lembrar a unicidade que o mundo já teve, que o mundo já foi. É o cordão umbilical que junta passado e presente, realidade e imaginação. É ambos. É *ambos* –, ele retumbou – e se tivermos esquecido tal comunhão, então já cessamos de ser maori!

O vento sibilava em suas palavras: – A baleia é um sinal –, retomou. – Encalhou a si mesma aqui. Se formos capazes de levá-la de volta para o mar, então será a prova de que a unicidade ainda vive em nós. Se não formos capazes de levá-la de volta, será porque nos tornamos fracos. Se ela viver, nós viveremos. Se ela morrer, nós estamos morrendo. O que está nos esperando lá fora não é só a sobrevida do cachalote, é a nossa.

Koro Apirana fechou os olhos. Sua voz flutuava e pairava no ar, à espera da nossa decisão.

– É para *nós* vivermos? Ou morrermos?

Nossa resposta veio com uma aclamação de orgulho e amor próprio da tribo.

Koro Apirana voltou a abrir os olhos: – Muito bem, então, minha gente. Vamos voltar para lá e fazer o que tem que ser feito.

~~~~~~~~~~

Porourangi deu as ordens. Ele pediu aos homens que levassem todos os caminhões, carros, motos e tratores disponíveis até a encosta acima do mar, e apontassem os faróis para a praia. Alguns da turma tinham lanternas, que usavam para caçar gambás, e até essas foram usadas para iluminar a baleia encalhada desde a encosta. Naquele banho de luz, a tatuagem do cachalote tremeluzia como se fosse um antigo manuscrito de prata se desenrolando.

Olhando da sala de jantar, Vó Flowers viu Koro Apirana andando na chuva e ficou furiosa. Gritou para um da turma: – Ei, você, pegue esta capa de chuva e entregue para aquele velho paka. Ele acha que é Super Maori, *né*.

– O que eles estão fazendo, Vó? – Kahu perguntou.

— Estão apontando todas as luzes para a praia — Vó Flowers respondeu. — A baleia tem que ser levada de volta para o mar.

Kahu viu os feixes de luz dos faróis de dois tratores furando a escuridão. Em seguida, viu seu pai, Porourangi, e alguns da turma correndo até a baleia com cordas nas mãos.

— É isso aí, meninos —, gritou Koro Apirana. — Agora, quem serão os corajosos que entrarão na água para amarrar os cabos em volta da cauda de nosso antepassado? Precisamos virá-lo com a cabeça para o mar. E aí?

Vi meu amigo Billy e levantei a mão dele para oferecê-lo como voluntário.

— Uau, 'brigado, cara — Billy rosnou.

Porourangi se ofereceu para cuidar da outra corda. — Não — disse Koro Apirana. — Preciso de você aqui. Dê a corda para seu irmão, Rawiri.

Porourangi riu e jogou a corda para mim: — Ei, quem disse que sou teu irmão — eu rebati.

Ele empurrou Billy e eu para dentro do mar. As ondas mordiam de tão geladas, e eu estava morrendo de medo porque a baleia, de perto, parecia um monstro. Enquanto Billy e eu lutávamos para chegar até o rabo, não consegui pensar em outra coisa que se o bicho rolasse eu seria esmagado que nem uma banana. As ondas nos levavam para cima e para baixo, para cima e para baixo, para cima até o brilho ofuscante das luzes na praia, para baixo até a escuridão da água. Billy devia estar com tanto medo do velho cachalote quanto eu, porque ele ficava repetindo, a cada vez que uma onda o arremessava contra a baleia: – Desculpe-me, *koro* – ou: – Ops, foi sem querer, *koro*.

– Depressa! Rápido! – berrava Koro Apirana lá da praia. – Não temos tempo. Parem de vadiar.

Finalmente conseguimos chegar até a cauda. As nadadeiras eram enormes, como asas gigantescas.

– Um de nós vai ter que mergulhar por baixo, para passar as cordas em volta dela – sugeri para Billy.

– Fique à vontade – ele respondeu. Ele só pensava em sobreviver.

Não tinha outra coisa que fazer a não ser fazer eu mesmo o que tinha sugerido. Respirei fundo três vezes e mergulhei. A água era um turbilhão de areia e pedrinhas, e entrei em pânico quando a baleia se moveu. *Com a sorte que eu tenho, aposto que agora ela vai rolar*, pensei. Voltei correndo para a superfície.

– Você ainda está vivo – espantou-se Billy. Alcancei para ele as duas cordas. Ele as amarrou de forma segura, e lutamos de novo com as ondas, dessa vez para voltar para a praia. A turma festejou aplaudindo. Ouvi Billy se gabar *de ele* ter feito todo o trabalho mais perigoso.

– E agora? – Porourangi perguntou para Koro Apirana.

– Vamos esperar a maré subir – ele respondeu. – A maré fará flutuar nosso antepassado, e aí usaremos os tratores para virá-lo de frente para o mar. Essa é nossa única chance. Então, quando estiver virado para o mar, teremos que entrar todos na água para tentar puxá-lo.

— Poderíamos tentar rebocá-lo com um barco — sugeri.

— Não, perigoso demais — Koro replicou. — As ondas estão altas demais, e as outras baleias estão no caminho. Não, melhor esperar. E rezar.

~~~~~~~~~~~~~

Koro Apirana mandou que Billy e eu fôssemos trocar a roupa molhada. Pulamos na minha moto e fomos para casa. Naturalmente, Vó Flowers, de quem nada escapa, nos viu passar e veio perguntar o que estava acontecendo lá na praia.

— Estamos esperando a maré — respondi.

Achei que Vó Flowers iria começar a resmungar e reclamar por não estar envolvida. Em vez disso, ela se limitou a me abraçar e disse: — Diga para o velho paka não pegar frio. Quero-o de volta para mim inteirinho.

Então, Kahu apareceu e se jogou nos meus braços.

— O que há com Paka? Paka está bem?

— Sim, Kahu — respondi.

De repente, as buzinas dos carros lá na praia começaram a soar. A maré tinha virado. Billy e eu corremos para a moto e voltamos acelerando.

— Ora, ora — Kahu disse para Vó Flowers. — Eles vão ficar bem.

Até a hora de chegarmos perto de Koro Apirana, a turma já tinha entrado em ação. – O mar subiu tão rápido –. Porourangi gritou por cima das ondas. – Vejam aí.

O grande cachalote já ficara meio submerso, esguichando sua angústia. Três das velhas fêmeas tinham conseguido chegar ao lado dele e estavam tentando virá-lo de volta de barriga para baixo, antes dele se afogar.

– Já – Porourangi gritou. O motor dos dois tratores tossiu e ligou. O cabo entre eles e a baleia esticou, e logo ficou tenso.

Vencendo a sucção da areia, com um tranco repentino, a baleia retomou seu equilíbrio. Seus olhos se abriram, e neles Koro Apirana pôde ver a força e a sabedoria dos milênios, ardendo como uma chama sagrada. A tatuagem também voltou à vida.

– Baleia sagrada –, Koro Apirana disse – nós queremos viver. Volte para o mar. Volte para seu Reino de Tangaroa.

Os tratores começaram a puxar a baleia para virá-la. Aos poucos, ela foi ficando paralela à praia. Eu e a turma apoiamos os ombros naquela massa gigantesca tentando virá-la mais para o mar.

Foi quando o cabo se rompeu. Koro Apirana deu um grito de angústia, enterrando seu rosto nas mãos. Rapidamente virou-se para mim: – Rawiri, vá dizer para sua avó Flowers que está na hora das mulheres atuarem como homens.

Nem deu tempo de chegar até a sala de jantar, Vó Flowers já estava marchando sob a chuva, com as mulheres atrás dela.

– É nossa vez, meninas – Vó Flowers bradou. – Kahu, você fica na praia.

– Mas, Vó.

– Fique – Vó Flowers ordenou.

As mulheres correram para se juntar a nós. Porourangi começou a entoar um hino de encorajamento. – Puxem juntos – ele exortou. – Sim, vamos puxar todos juntos – nós respondemos. – Devolvam a baleia – ele gritou. – Para o oceano – respondemos. Continuamos entoando o canto mesmo enquanto fazíamos força com os ombros, para empurrar a baleia mar adentro, orientando-a para as estrelas no fim do oceano.

Lá fora, no mar, o grupo de cetáceos também cantava seu encorajamento. As velhas fêmeas mostravam sua alegria com grandes esguichos.

Um arrepio percorreu as costas do velho cachalote. Algo que parecia um espasmo. Nossos corações pularam de contentamento. De repente, a cauda imensa subiu para golpear o céu.

O cachalote se moveu.

Mas a alegria logo se transformou em medo. No mesmo instante em que a baleia se mexeu, Koro Apirana se deu conta de que a batalha estava perdida, porque em vez de seguir para o mar aberto, ele virou-se contra nós. A cauda, despencando, nos fez fugir gritando de terror. Com um gemido gutural terrificante, o cachalote arrastou-se até a água mais funda, onde não podíamos alcançá-lo, e dali ele se virou novamente rumo à praia. Ele ainda tentou submergir o máximo possível, buscando sua própria morte.

~~~~~~~~~~~~

O vento ficava cada vez mais forte. A tempestade, furibunda, lançava o mar contra o céu. Desamparados, tudo o que podíamos fazer era ficar olhando da praia.

— Por quê? — Kahu perguntou a Koro Apirana.

— Nosso ancestral quer morrer.

— Mas, por quê?

— Não há mais lugar para ele aqui nesse mundo. Aqueles que antigamente o ordenavam não estão mais aqui —. Ele fez uma pausa. — Quando ele morrer, nós morreremos. Eu estarei morto.

— *Não*, Paka. E se ele viver?

— Então também sobreviveremos.

Vó Flowers aninhou seu velho. E começou a guiá-lo de volta para casa. Raios se bifurcavam no céu. A tribo assistia em silêncio a morte anunciada do cachalote. As velhas fêmeas, grudadas nele, tentavam tornar mais confortável seu último repouso. Lá fora, no mar, o resto do grupo entoou o canto fúnebre de adeus ao seu líder.

17

Ninguém a viu chegar às escondidas e entrar no mar. Ninguém se deu conta de nada até ela chegar a meio caminho do cachalote. Então os faróis dos carros e as lanternas ao longo da praia iluminaram seu vestido branco e sua pequena cabeça balançando para cima e para baixo, nas ondas. Assim que a vi, soube que era Kahu.

– Ei! – gritei. Apontei para todo mundo ver por entre a cortina da chuva. Outras luzes começaram a ir atrás dela. Em seu vestido branco e as fitas brancas que amarravam as tranças, ela parecia um pequeno cachorrinho tentando manter a cabeça fora da água. Uma onda chegou a cobri-la, quebrando sobre ela, mas de alguma forma conseguiu surgir do outro lado, engasgando, de olhos arregalados e nadando, de uma forma que parecia algo entre nado de peito e cachorrinho.

Imediatamente me lancei por dentro das ondas. As pessoas falaram depois que eu parecia um louco. Mais uma vez mergulhei no mar.

Se o velho cachalote viver, nós sobrevivemos. Kahu só conseguia pensar naquelas palavras. A água estava gelada, mas quem se importa. Essas ondas são tão grandes, mas ela acreditava que conseguiria. A chuva se cravava na pele como lanças, mas ela sabia que era capaz.

De vez em quando, ela respirava fundo porque as ondas eram como caminhões que a atropelavam, jogando-a contra o fundo de areia, mas de alguma forma ela sempre voltava à superfície, como uma rolha. As luzes da praia ofuscavam seus olhos, impedindo-a de ver para onde ia. Seu pescoço doía com o esforço constante para continuar olhando em frente, lá, lá onde estava a baleia tatuada. Precisou de toda sua persistência para seguir nadando feito cachorrinho rumo à silhueta imóvel. Uma onda despencou em cima dela e a fez engolir ainda mais água. Tossindo, ela tentou escapar de ser engolida novamente. Então sua cara assumiu um ar de determinação. Chegando cada vez mais perto da baleia, lembrou claramente o que ela tinha que fazer.

— Que menina danada — resmunguei enquanto pulava na arrebentação. Pra começo de conversa, eu não sou nenhum herói e, ainda por cima, tenho um medo danado do mar quando fica bravo. Pra mim, o mais perto que gosto de chegar é da água da banheira, que além de tudo é quente. Nada a ver com isso, que é frio de congelar qualquer um. Eu sabia do que estava falando, era a segunda vez no dia que me enfiavam nessa fria.

Mas não tinha mesmo como não ficar admirado com a menina. Sempre fora bastante indômita. Agora, eis ela aí, nadando ao encontro do gigante. Ficava me perguntando que diabo ela pretendia fazer.

Vi Porourangi correndo atrás de Koro Apirana e Vó Flowers puxando-os de volta. Então, aconteceu algo, o mais estranho e inesperado. O agudo da voz de Kahu foi se impondo ao estrondo do mar. Ela cantava para o cachalote, anunciando-lhe sua vinda, abrindo caminho para o reconhecimento.

~~~~~~~~~~

— *Karanga mai, karanga mai, karanga mai* —. Ela ergueu a cabeça e começou a chamar a baleia.

O vento agarrou suas palavras e as espalhou no ar junto com a espuma.

Kahu tentou outra vez: — Oh, ancestral sagrado — chamou. — Eu estou vindo a ti. Eu sou Kahu. Ko Kahutia Te Rangi, *ahau*.

Os faróis e as lanternas seguiam bombardeando de luz a baleia na arrebentação. Podia ter sido um brilho repentino, ou uma golfada da maré, mas o grande olho pareceu piscar. Então ficou claro que o cachalote estava olhando para a menina que se aproximava dele.

~~~~~~~~~~~~

— Kahu! — Podia ouvir Vó Flowers gritando ao vento.

Minhas botas me arrastavam para baixo. Tive que parar e tatear lá no fundo para arrancá-las. Perdi um tempo precioso, mas era melhor do que se afogar. As botas sumiram nos redemoinhos turbilhonantes da ressaca.

Tentei ver onde Kahu estava, quando as ondas me projetavam para cima.

— Kahu, não — gritei.

~~~~~~~~~~

Ela conseguira chegar até a baleia e estava pendurada em sua mandíbula. — Saudações, ó ancião — Kahu gritou tentando ser ouvida pelo velho macho enquanto se segurava como podia. — Saudações —. Afagou a baleia com uns tapinhas e disse, olhando no olho: — Eu vim até você.

Uma grande onda a levantou e a projetou para longe da cabeça da baleia. Ela engasgou, se afogando de tanta água e, nadando cachorrinho, tentou se aproximar de novo do olho da baleia.

— Ajude-me — gritou. — Ko Kahutia Te Rangi, *au*. Ko Paikea.

O cachalote estremeceu ouvindo os nomes.

Ko Kahutia Te Rangi? Ko Paikea?

Por sorte, Kahu esbarrou na nadadeira anterior, e seus dedos a agarraram firme. Ela segurava sua própria vida.

Por sua parte, o velho cachalote sentiu uma descarga de felicidade que, subindo, se transformou em arrepios de êxtase crescente. E passou a irradiar sua alegria para todo o resto do corpo.

Lá fora, além do quebra-mar, o grupo de baleias, de repente, ficou alerta. Com a esperança que surgia, as baleias começaram a modular vibrações de encorajamento ao seu velho líder.

~~~~~~~~~~~~~

— Kahu, não — gritei mais uma vez. A perdi de vista e entrei em pânico, achando que ela tinha sido arrastada para dentro da boca gigantesca da baleia. Quase passei mal pensando na possibilidade, mas então lembrei que Jonas sobrevivera na barriga de sua baleia. Assim, se fosse necessário, teria nada menos que me enfiar goela abaixo *nessa* baleia e puxar de volta minha Kahu.

Uma onda me ergueu mais uma vez e, com alívio, pude ver que Kahu estava bem, pendurada na nadadeira anterior. Por um instante, achei que a minha imaginação estava me pregando uma peça. Antes, o cachalote estivera deitado sobre seu lado esquerdo, mas agora estava rolando para apoiar-se no próprio ventre.

Então, fiquei com medo de que o imenso bicho, rolando, pudesse esmagar Kahu. Não, ela ainda estava pendurada na nadadeira. Mas, mesmo assim, fiquei realmente angustiado porque com o movimento do cachalote, Kahu tinha sido erguida para fora da água e estava agora suspensa do outro lado como uma pequena fita branca.

~~~~~~~~~~~~~

As fêmeas mais velhas expressavam sua alegria em altos guinchos pelo mar. Elas ficavam escutando a força pulsante de seu líder, se manifestando em cantos cada vez mais fortes. Elas modularam seu carinho de volta para ele, e depois pulsaram uma mensagem para os jovens machos para que eles viessem prestar assistência ao seu líder. Os machos assumiram uma formação em flecha para penetrar a arrebentação, cada vez mais enfurecida.

– Saudações, sagrada baleia – Kahu cochichou. Ela estava congelada e exausta. Colou seu rosto contra a cabeça da baleia e deu um beijo. A pele parecia borracha muito lisa e escorregadia.

Sem nem pensar no que estava fazendo, Kahu começou a acariciar o cachalote logo atrás da nadadeira. *É meu senhor, o cavaleiro das baleias.* Ela sentiu um tremor percorrer o corpo da baleia, e um arrepio sob a pele. De repente, cavidades que pareciam apoios para pés e mãos começaram a aparecer diante dela, na pele da baleia. Ela testou o apoio e viu que era firme. Embora o vento soprasse tentando arrancá-la, ela saiu do abrigo da nadadeira e começou a escalar pelos apoios. Enquanto subia, viu de soslaio que seu Koro Apirana e Vó Flowers estavam apinhados junto com os outros, na praia tão remota.

~~~~~~~~~~~~

Já era tarde demais para mim. Só pude ficar olhando Kahu escalar o flanco da baleia. Uma grande onda me levou ainda mais longe dela. Gritei todo meu desespero na direção dela.

Kahu não tinha como subir mais. *Este é meu senhor, Kahutia Te Rangi.* Ela viu a pele ondulante da baleia formando uma sela com estribos de carne para seus pés e alças para ela se segurar. Ela enxugou os olhos e ajeitou os cabelos, enquanto se acomodava a cavalo na baleia. Ouviu um lamento, como um gemido ao vento.

Eu vi sombras negras avançando rápidas pela arrebentação. *Sorte minha*, pensei. *Se não morrer afogado, serei comido.*

Então vi que as sombras eram baleias menores do bando, se aproximando para ajudar seu líder.

Os feixes de luz dançavam na figurinha de Kahu, montada na baleia. Parecia tão pequena, tão indefesa.

Toda contida, Kahu começou a chorar. Chorava porque estava apavorada. Chorava porque Paka iria morrer se o velho cachalote morresse. Chorava porque se sentia tão sozinha. Chorava porque amava sua irmãzinha e seu pai e Ana. Chorava porque Vó Flowers não teria mais ninguém para ajudá-la na horta. Chorava porque Koro Apirana não gostava dela. E também chorava porque ela não sabia como era morrer.

Então, juntando toda sua coragem, começou a esporear a baleia como se fosse um cavalo.

— Vamos embora agora — sua voz soava estridente.

O velho macho começou a boiar na água.

— Vamos voltar para o mar — ela gritou.

Lentamente, a baleia começou a virar-se para o mar aberto. *Sim, meu senhor.* Enquanto começava a mexer, os jovens cachalotes vieram empurrar seu líder até as águas mais fundas.

— Deixe nosso povo viver — ela ordenou.

Juntos, o velho macho e sua escolta começaram a nadar rumo ao oceano profundo.

Nossa Kahu estava mesmo indo embora. Ela rumava para as profundezas do oceano. Podia ouvir o agudo de sua vozinha perdida na escuridão enquanto nos deixava.

Ela ia com as baleias para dentro do mar e da chuva. Era uma figurinha minúscula num vestidinho branco, esporeando a baleia como se ela fosse seu cavalo, suas tranças balançando na chuva. Então ela sumiu e nos deixou para trás.

Ko Paikea, ko Paikea.

18

Ela era o cavaleiro da baleia. Montada no velho macho, ela sentia pinicar na cara os respingos das ondas e da chuva. De cada lado, os cachalotes mais jovens abriam caminho nas ondas, acompanhando seu líder. Eles alcançaram as águas profundas.

Seu coração batia forte. Ela se deu conta de que agora, em volta dela, havia o bando todo. De vez em quando, um dos cetáceos se aproximava para se esfregar contra o velho líder. Aos poucos, o grupo todo foi chegando ao mar aberto.

Ela era Kahutia Te Rangi. Ela sentiu um tremor percorrendo a baleia e, instintivamente encostou sua cabeça contra a pele dela e fechou os olhos. A baleia deu um mergulho raso, e a água parecia um fluxo de seda. Poucos segundos depois, a baleia emergiu, esguichando suavemente.

Em seu rosto escorriam água do mar e lágrimas. Ganhando velocidade, as baleias se afastavam do litoral. Olhou para trás e viu os faróis cada vez mais longínquos. Então ela sentiu aquele mesmo arrepio na pele da baleia, e novamente apoiou a cabeça contra ela. Dessa vez, quando mergulharam, ficaram debaixo da água por mais tempo. Mas Kahu fizera uma descoberta. Onde ela encaixava seu rosto, a baleia conseguia criar uma cavidade que guardava uma bolha de ar para ela seguir respirando.

Ela era Paikea. No mar aberto, a fúria da tempestade abrandava. Os movimentos do velho cachalote eram cada vez mais enérgicos. Quando surgia do mar, seu esguicho era como um jato de prata contra o céu noturno. Então mergulharam uma terceira vez, e a pressão em seus tímpanos dizia para a menina que esse seria um mergulho bem mais fundo que os dois anteriores. E ela entendeu que o próximo seria para sempre.

Ela se sentia em paz. Quando a baleia voltou à superfície, ela se despediu do céu e da terra e do mar. Ela se despediu de seu povo. Preparou a si mesma o melhor que podia com a escassa compreensão que tinha de tudo aquilo. Deu adeus para seu Paka, sua Vó, seu pai, seu tio Rawiri, e rezou por sua boa saúde. Ela queria que eles vivessem para sempre.

O corpo do cachalote tencionou. A menina sentiu os músculos poderosos segurando firmemente seus pés. A cavidade para seu rosto se ampliou enquanto o vento sacudia seus cabelos.

De repente, a lua surgiu. A menina podia perceber em volta dela as baleias nadando, mergulhando, nadando. Ela enfiou seu rosto para dentro da baleia, fechando os olhos. – Não tenho medo de morrer – disse a si mesma.

O corpo da baleia arqueou deslizando para um mergulho abrupto. A água zuniu, veio bruscamente ao seu encontro e a envolveu. As imensas nadadeiras da cauda pareceram erguer-se verticalmente sobre a superfície, abanando o céu encharcado de chuva. Então elas também foram deslizando lentamente até desaparecerem debaixo da superfície.

Ela era Kahutia Te Rangi. Ela era Paikea. Ela era o cavaleiro da baleia.

Hui e, hauimi e, taiki e.

Que seja feito.

A tribo inteira chorava na beira da praia. A tempestade ia embora levando Kahu. O coração de Vó Flowers queria sair pela boca, e as lágrimas jorravam num rio caudaloso que escorria pela face. Enfiou as mãos nos bolsos em busca de um lenço, e seus dedos se fecharam em torno da pedra esculpida. Pegou-a e entregou para Koro Apirana.

– Qual dos meninos? – ele tentou perguntar, sufocado pela dor. – Qual dos...

Vó Flowers apontou para o mar. Seu rosto estava destroçado de emoção enquanto invocava Kahu. O velho entendeu. Ele levantou os braços, mãos como garras, como se tentasse agarrar o céu para que esse o esmagasse.

Epílogo

A Menina que veio do Mar

19

No mar sem sol, sessenta baleias desciam devagar, em seu mergulho abrupto. Um velho cachalote, de vinte e dois metros de comprimento, marcado por um símbolo sagrado, estava cercado por todo seu bando. Ao seu lado, sete fêmeas, metade de seu tamanho o guiavam delicadamente, como mulheres vestidas todas de preto.

— Hamarai, hamarai e koro — *elas sibilavam cantando.*

— Tomo mai i waenganui i o tatou iwi —. *Venha, nosso ancião, junte-se a nós, toda sua tribo do mar.*

O mar sussurrava e borbulhava de amor pelo antigo cachalote e, de vez em quando, a mais velha mãe baleia se aproximava dele cautelosamente, para afocinhá-lo, acariciá-lo, beijá-lo, para que soubesse o quanto tinham sentido sua falta. Mas no fundo do coração, ela sabia que ele estava muito ferido e à beira da exaustão.

Pelo canto do olho, a velha mãe baleia observou uma pequena silhueta branca agarrada logo atrás da cabeça tatuada de seu marido. Ela subiu para observar a figura e desceu de volta, ao lado dele.

– Ko wai te tekoteko kei rungar? – *cantou ela, emitindo pulsações musicais.* – Quem você está carregando?

– Ko Paikea, ko Paikea – *o velho macho respondeu em notas baixas que ecoaram como um órgão através da catedral submarina do oceano.* – Estou carregando meu senhor, Paikea.

~~~~~~~~~~~~~~~

O mar era um imenso céu líquido e as baleias continuavam seu mergulho quase vertical, descendo num sonho primordial. O líder e seu harém de fêmeas estava rodeado pelos machos guerreiros, te hokowhitu a Tu, rápidos e fortes, sempre alertas, uma falange de ferocidade.

– *Apertem as fileiras* – incitavam os guerreiros. – *Neke neke.*

O líder ordenou para alguns deles que se deixassem derivar até o fundo do grupo, para arrebanhar e juntar o resto das fêmeas, machos e filhotes.

Enquanto isso, a velha mãe baleia estava tentando entender o que o velho macho havia dito para ela. – *Ko Paikea? Ko Paikea?* – As outras fêmeas interceptaram lampejos de sua perplexidade e ficaram curiosas também, subindo para dar uma espiada no cavaleiro imóvel. Uma delas se encostou na pequenina silhueta e viu um rosto branco como o de um golfinho dormindo. As fêmeas cochicharam entre si, trocando opiniões e tentando destrinchar o mistério. Depois desistiram. Se o velho macho havia dito que era Paikea, então devia mesmo ser Paikea. Afinal, o velho cachalote era o chefe, era ele quem mandava.

– *Mantenham-se todas juntas* – apitavam os cachalotes guerreiros, repreendendo-as.

As baleias voltaram a apertar as fileiras, dando suporte umas às outras, em sua descida cada vez mais funda.

— Ko Paikea? Ko Paikea? — *a velha mãe baleia se perguntava ansiosamente. Por muito que ela amasse seu macho, há tantos e tantos anos, ela tinha consciência de suas faltas. No decorrer dos últimos anos, por exemplo, ele tinha se tornado mais e mais deprimido, achando que a morte pairava sobre si e, por isso, voltando continuamente com a memória aos lugares de sua longa vida. Península Valdés. Tonga. Galápagos. Tokelau. Ilha de Páscoa. Rarotonga. Hawaiki, a Ilha dos Antepassados. Antártica. E agora, Whangara, onde o grupo esteve a um triz de perdê-lo.*

Então ela entendeu.

— Parem — *a velha mãe baleia gritou. No olho da memória, ela voltou a ver Paikea, o próprio Paikea, atirando pequenas lanças em direção ao mar e à terra.*

Imediatamente o bando parou de produzir qualquer som, e ficou pairando entre a superfície envidraçada do mar e o abismo escuro do oceano.

Os machos guerreiros se deixaram planar até a velha mãe baleia.

— Qual é o problema? — *eles proferiram agressivamente, com suas vozes como clarins militares. A velha mãe baleia estava o tempo todo pedindo pausas.*

O coração da velha mãe baleia estava palpitante: — Desejo falar para meu marido — *disse ela descendo suavemente em direção do velho cachalote.*

O mar reverberou a doçura da velha mãe baleia enquanto ela flutuava ao lado de seu eterno companheiro. Águas-vivas iluminadas pareciam explodir delicadamente, enchendo de pulsações prateadas a escuridão das profundezas, como as estrelas nas trevas do céu. Mais fundo ainda, um rio de fosforescências cedia sua luz ao abismo, como a lua à maré.

O oceano estava vivente de sons: golfinhos batendo papo, krill sibilando, lulas chicoteando a água, tubarões turbilhonando, camarões clicando e, sempre presentes, os poderosos, formidáveis acordes do movimento constante das marés, subindo e descendo.

— E koro — *a velha mãe baleia começou sua fala numa sequência de três tons, embebida de amor.* — Meu amado senhor — *ela continuou, acrescentando um fluxo de harmônicos.* — Meu macho —, *ela insinuou astutamente, acompanhando as palavras com arpejos graves e voluptuosos* — o cavaleiro nas suas costas não é Paikea.

As outras fêmeas se afastaram prudentemente, mas não deixaram de admirar secretamente a coragem da velha mãe em questionar a identidade do cavaleiro.

— É claro que é Paikea — *o velho cachalote teimou.* — É ele mesmo. É Paikea.

A velha mãe baleia baixou os olhos, na esperança de que o líder considerasse aquilo um claro sinal de submissão feminina, mas ela sabia perfeitamente o que ela estava arriscando.

— Não, não é não, meu senhor — *ela insistiu suavemente.*

As outras fêmeas ficaram pasmas com a persistência da velha mãe. Os machos guerreiros ficaram à espera de um sinal do líder para dar-lhe uma boa lição.

O velho macho respondeu de forma irritadiça: — Mas é claro que é! Quando meu senhor montou em mim, disse que seu nome era Kahutia Te Rangi —. *A velha mãe baleia não podia não saber que aquele era outro nome de Paikea: Ko Kahutia Te Rangi ko Paikea.*

A velha mãe baleia se permitiu deixar-se afundar, até ficar logo abaixo de seu marido.

— Talvez, talvez — *ela trinou, em agudos tons falsamente inocentes.*

As outras fêmeas decidiram que era melhor se afastar mais ainda.

A velha mãe baleia viu os machos guerreiros se preparando para aplicar-lhe uma mordida dolorida no traseiro, e logo grudou no velho macho. Sem querer, querendo, deixou uma nadadeira roçar o lugar, fonte de maior prazer dele. — Mas eu tenho condição de ver o cavaleiro —, *ela disse* — e não é mesmo quem o senhor acha que é —. *Para dar mais ênfase, balançou a cabeça negativamente, por duas vezes.* — Não tem nada mesmo de Paikea —, *ela ressaltou,* — o cavaleiro parece ser uma menina humana. Seria, talvez, alguma descendente do seu mestre? — *perguntou ela com modéstia.* — Tente lembrar, marido —. *Suas perguntas estavam moduladas numa ornamentação graciosa.*

As outras fêmeas acenaram umas para as outras. Como é mesmo esperta, a velha mãe. Colocando a questão em forma de perguntas, ela estava abrindo espaço para que o velho líder chegasse à decisão que ela mesma já havia tomado. Não é à toa que ela era a rainha e elas, as damas de honra.

O velho macho mandou embora os guerreiros com um gesto brusco; ele estava ficando irritado com eles e sua exibição de disciplina.

— Lembrar o quê? — ficou repetindo para si mesmo. Por entre as cortinas do tempo, ele voltou a ver seu mestre, Paikea, atirando lanças de madeira contra o céu. Algumas, no meio do voo, se transformavam em pássaros. E outras, ao atingirem o mar, tornavam-se enguias. E ele, Paikea, também era uma lança, incumbida de povoar a terra e o mar, para que não fossem mais vazias e estéreis.

O velho cachalote começou a prestar atenção no peso do cavaleiro. É verdade que era bem leve mesmo, e as pernas bem mais curtas, e...

— É isso mesmo — a velha mãe baleia cantarolou, concordando com a decisão que ele nem tinha tomado ainda. *— Esta é a última lança, aquela que devia florescer só no futuro —.* Ela deixou que essas palavras penetrassem bem fundo. Ela queria ter certeza de que o velho macho realmente compreendia que o cavaleiro era descendente de Paikea e que, se não o levassem de volta para a superfície e o devolvessem para a terra, ele não teria como cumprir sua missão. *— É a semente de Paikea —,* ela disse *— e precisamos devolvê-la para a terra —.* A música em sua voz estava carregada de eternidade.

~~~~~~~~~~~~

O velho cachalote vacilou, pairando nos movimentos sedosos da agitação do oceano. Mesmo cansado, ele podia perceber a verdade nas palavras de sua esposa. Até porque ele próprio se lembrava da hesitação de Paikea antes de atirar a última de suas lanças de madeira, e de ele dizer, no momento de lançá-la: — Que essa lança fique plantada para os séculos vindouros, quando as pessoas estiverem mais perturbadas, até o dia em que mais precisarem dela *—. E a lança, cruzando o céu todo, foi descansar na terra, no mesmo lugar onde, um dia, seria enterrada a placenta de uma menina recém-nascida.*

E com essas lembranças surgindo, o velho macho começou a perder toda saudade do passado e trazer de volta seus pensamentos para o presente e o futuro. Sem dúvida, nas marés do Destino, devia haver alguma razão para ele ter sobrevivido por tanto tempo. Não podia mesmo ser coincidência ele ter voltado a Whangara e ser montado por um descendente de seu adorado mestre dourado. Será que o seu destino e o do cavaleiro sentado em suas costas estavam inexoravelmente entrelaçados? É isso mesmo, porque nada poderia ter sido deixado ao acaso.

Enquanto esperavam a sentença do velho líder, o bando começou a manifestar sua opinião. As fêmeas proclamaram que sabiam, desde o começo, que a velha mãe estava certa, e até os machos guerreiros, vendo a direção que as coisas estavam tomando, concordaram.

O velho macho fez um gesto brusco.

— Vamos voltar para a superfície — ele ordenou, já adotando a posição para a subida. *— Vamos levar de volta para Whangara esse novo cavaleiro. Todos de acordo?*

O bando respondeu com uma música de aprovação para a decisão do líder.

— Vamos, vamos, vamos — entoaram todos num coro de benigna ternura. *— Ae. Ae. Ae.*

Lentamente, a falange de cachalotes se pôs a caminho, em graciosa procissão, rumo à superfície do mar, transmitindo sua proclamação orquestral para o universo todo.

Hui e, haumi e, taiki e.

Que seja feito.

20

Depois do sumiço de Kahu, Vó Flowers teve um colapso. Ela foi internada no hospital, e só voltou a abrir os olhos depois de cinco dias. A primeira coisa que viu foi Koro Apirana sentado ao lado da cama e, em volta, eu e a turma.

Vó Flowers fez um esforço para acordar. A enfermeira e Koro Apirana a ajudaram a se sentar. Uma vez acomodada, voltou a fechar os olhos. Então, deu uma espiadela, com um olho só, e suspirou fundo.

– Hmm – disse sarcasticamente. – Se vocês todos estão aqui, quer dizer que eu não fui mesmo pro céu.

Mas nós não nos importamos nem um pouco com seu sarcasmo, ela sempre fora uma velha rabugenta. Koro Apirana olhou para ela com carinho.

– Você terá que perder uns quilos, Putiputi – ele disse para ela. – Seu coração está fraco demais. Nem sei o que faria se vocês duas –... Vó Flowers, de repente, lembrou. – O que aconteceu com Kahu?

Koro Apirana se apressou em acalmá-la: – Não, não, Flowers – disse. – Ela está bem. Ela está bem –. Ele contou a Vó Flowers o que tinha acontecido.

~~~~~~~~~~~

Três dias depois que a baleia sagrada e o bando que a acompanhava se foram, e que Kahu fora considerada desaparecida, ela foi encontrada inconsciente, boiando abrigada num ninho de algas escuras e lustrosas, no meio do oceano. Ninguém sabe como ela foi parar lá, mas um bando de golfinhos ficara em volta dela para vigiá-la. Quando ela foi encontrada, eles se dispersaram pulando no ar e dando cambalhotas de alegria.

Kahu foi levada com urgência para o hospital. Sua respiração ficava parando, voltando, parando e voltando de novo. Agora, ela respirava sem ajuda de aparelhos, mas ainda estava em coma. Os médicos não tinham nenhuma certeza se ela voltaria a retomar consciência.

– Onde está? Onde está minha Kahu? – gritou Vó Flowers.

– Ela está bem aqui com você – Koro Apirana respondeu. – Aqui mesmo, nesse hospital. Eu e a *iwi* ficamos cuidando de vocês duas, esperando que voltassem para nós. Vocês têm dado força uma para outra.

Koro Apirana apontou para a outra cama no quarto. A turma se afastou e Vó Flowers pode ver uma garotinha de tranças, o rosto imóvel, parecendo de cera.

As lágrimas rolaram pelas bochechas de Vó Flowers.

– Empurrem minha cama até a dela – Vó Flowers disse. – Estou longe demais dela. Quero segurá-la e falar para ela.

Ela parecia uma pequena boneca. Seus olhinhos estavam fechados e seus cílios eram tão longos em contraste com a palidez da pele. Alguém tinha amarrado fitas brancas em suas tranças. Não havia nenhuma cor que desse vida às suas bochechas, e não dava nenhum sinal de estar respirando.

Os cobertores a cobriam até o queixo, deixando só os braços de fora. Vestiram-na com pijama de flanela quentinha, abotoado até o pescoço.

Os minutos corriam. Koro Apirana e Vó Flowers ficavam se olhando, com muita dor no coração.

– Você sabe, querida – Koro Apirana disse – Me sinto culpado por isso. Tudo culpa minha.

– É isso mesmo, pode crer –. Vó Flowers chorava.

– Eu devia saber que ela era a escolhida – Koro Apirana disse. – Desde aquela vez em que ela era ainda um bebê e mordeu meu dedão.

– Cara, se pelo menos ela tivesse dentes de verdade – Vó Flowers concordou.

– E aquelas vezes todas em que eu a expulsei do centro comunitário, deveria ter me dado conta.

– Você estava surdo, mudo, cego *e* tão teimoso.

A janela estava entreaberta. A luz do sol brilhava através das cortinas esvoaçantes. Vó Flowers se deu conta de que a porta estava sendo aberta aos pouquinhos, e que intrometidos curiosos os fitavam. Imagine se poderia haver alguma privacidade, com eles lá fora de olhos vermelhos e lágrimas correndo.

— Você nem deu a menor ajuda com o cordão umbilical de Kahu — Vó Flowers soluçou.

— Você tem razão, querida, toda a razão. Eu não servi para nada.

— Sempre inculcando em Kahu que ela era inútil só porque era uma menina. O tempo todo rosnando para ela. Rosnando, rosnando, rosnando.

— E eu jamais me dei conta —, acrescentou Koro Apirana, — até você me mostrar a pedra esculpida.

— Eu devia ter quebrado tua cabeça com ela, seu velho paka.

As silhuetas das sombras perseguiam uma à outra nas paredes brancas. No peitoril da janela vasos de flores esbanjavam uma profusão gloriosa.

De repente, Koro Apirana levantou-se da cadeira. Em seu rosto, estava estampada a consciência súbita do quão estúpida fora sua atitude.

— Você devia mesmo se divorciar de mim — ele disse a Vó Flowers. — Devia era se casar com o velho Waari, aquele que mora lá no morro.

— Isso mesmo, devia fazer isso também — Vó Flowers disse. — Ele sim é que sabe como tratar uma mulher. Ele jamais pisaria em meu sangue muriwai, como você faz o tempo todo.

— É mesmo, querida, você tem toda razão.

— Eu sempre estou certa, seu velho paka, e...

De repente, Kahu soltou um longo suspiro. Enrugou o cenho como se pensasse em algo.

— Vocês dois, sempre brigando — ela sussurrou.

~~~~~~~~~~~~~

As baleias emergiam do fundo do mar, com a pele reluzente e suas silhuetas entalhadas pelo esplendor da lua. Subindo, subindo.

— Será que o cavaleiro ainda vive? — o velho macho perguntou, com esperança de que estivesse bem, ainda respirando.

— Claro — a velha mãe baleia confirmou. Ela tinha cantado gentilmente para o cavaleiro, para que não ficasse com medo.

— Que bom — o velho cachalote disse. — Então, que todos vivam, e que a parceria entre terra e mar, baleias e a humanidade toda também possa permanecer.

E o bando de baleias expressou em canto sua felicidade pela sobrevivência da tribo, porque sabia que a menina precisaria de um ensinamento cuidadoso até poder clamar por seu povo um lugar no mundo.

As baleias romperam a superfície e os esguichos estrondosos eram como fontes de prata na luz da lua.

21

Vó Flowers soluçou de angústia e se esticou para agarrar Kahu. Koro Apirana cambaleou até a beira da cama, olhando para a menina adormecida. Começou a rezar, pedindo aos deuses que o perdoassem. Viu Kahu se mexer de novo.

É isso mesmo, minha netinha. Saia das trevas de seu longo sono. Volte para seu povo e assuma o lugar que você merece entre eles.

Kahu suspirou outra vez, e abriu os olhos. – É hora de acordar, mesmo? – ela perguntou.

Vó Flowers começou a choramingar, enquanto o coração de Koro Apirana deu um pulo. – Sim, está na hora de voltar.

– Eles me recomendaram para não acordar até vocês dois estarem presentes – Kahu disse em tom solene.

– De quem você está falando? – perguntou Koro Apirana.

– Das baleias – ela disse. Então sorriu: – Vocês dois ficam brigando bem como a velha mãe baleia e o velho cachalote.

Vó Flowers lançou um olhar para Koro Apirana. – Nós não brigamos – ela disse. – *Ele* até tenta brigar, mas sempre sou *eu* quem tem razão.

– É seu sangue muriwai – retrucou Koro Apirana. – Sempre poderoso demais para mim.

Kahu deu uma risadinha, e depois silenciou. Então seus olhos se encheram de lágrimas. Na sua vozinha apertada, ela disse: – Eu não consegui me segurar.

– O quê?

– Eu não consegui me segurar na baleia sagrada. Se eu fosse um menino, teria segurado firme. Lamento, Paka, não sou mesmo um menino.

O velho embalou, ninando Kahu em seus braços, em parte por causa da emoção do momento, em parte porque ele não queria que aqueles asnos lá fora percebessem que seu grande chefe estava chorando.

– Você é a melhor netinha nesse mundão todo – disse ele. – Menino ou menina, que diferença faz.

– Verdade mesmo, Paka? – Kahu soluçou. Ela o abraçou e apertou forte pressionando seu rosto contra o dele. – Obrigado, Paka. Você também é o melhor avô do mundo.

– Eu te amo – disse Koro Apirana.

– Eu também – Vó Flowers acrescentou.

– Não se esqueçam da gente – disse o resto da tribo, acotovelando-se em volta da cama.

De repente, no meio daquela confusão toda, Kahu levantou o dedo até os lábios: – Ssshh.

~~~~~~~~~~

O velho líder estourou a superfície, saltando dentro do céu enluarado. O símbolo sagrado, a tatuagem, reluzia como prata líquida. O velho cachalote relaxou os músculos, soltando Kahu, e ela se sentiu rolando pelas costas imensas, caindo, caindo, caindo.

Em volta dela, as baleias saltavam, enchendo o ar de gotículas, como diamantes.

~~~~~~~~~~

– Não consegue mesmo ouvi-las? – perguntou Kahu.

~~~~~~~~~~

Ela caiu na água do mar. O estrondo das baleias se afastando enchia seus ouvidos. Abriu os olhos e ficou olhando para dentro do mar. Por entre a espuma, ela podia ver aquelas caudas imensas despedindo-se dela.

Então, do turbilhão do Tempo, surgiu a voz da velha mãe baleia: – Criança, seu povo te espera. Volte para o Reino de Tane e cumpra a missão que te foi destinada –. De repente, o oceano se encheu mais uma vez, com os ecos da canção gloriosa das silhuetas escuras.

~~~~~~~~~~

Kahu olhou para Koro Apirana, seus olhos brilhando.

– Oh, Paka, não consegue mesmo ouvi-las? Eu as ouço desde sempre. Oh, Paka, as baleias ainda estão cantando – ela disse.

Haumi e, hui e, taiki e.

Que seja feito.

Notas do Autor

Uia mai koe whakaguatia ake

Ko wai te whare Nei e? Ko Whitireia!

Ko wai te tekoteko kei runga?

Ko Paikea! Ko Paikea!

A Lenda

Para esta edição mais nova de *Encantadora de Baleias*, pago tributo ao ancestral que começou tudo isso: o cavaleiro da baleia original. O cavaleiro da baleia tem seu memorial numa estrutura garbosa que cavalga em cima da casa de reuniões, Whitireia, em Whangara, um pequeno povoado maori próximo a Gisborne; a casa de reuniões foi entalhada sob a supervisão do grande mestre escultor Pine Taiapa e inaugurada em 1939. Quando eu era criança pequena e vi pela primeira vez a escultura e ouvi a história da viagem épica do cavaleiro da baleia de Hawaiki (Sir Apirana Ngata apontou Hawaiki como o grupo de ilhas apinhadas em torno de Bora Bora, notavelmente Raiatea, na Polinésia Francesa) minha imaginação foi imediatamente capturada.

O cavaleiro da baleia olha para o leste por cima do mar na direção do local em que o sol nasce todas as manhãs. Ele é bem conhecido e aclamado na Polinésia; é a versão do Pacífico de Ulisses e, igual ao herói grego, ele se tornou matéria para lendas. Segundo um informante do século XX, Wiremu Potae, no relato a William Colenso, seu nome era Kahutia Te Rangi e era o primogênito de Uenuku, um dos chefes de Hawaiki. Ele tinha um irmão, Ruatapu, que tinha ciúmes dele, e queria matá-lo. Ele planejou fazer isso levando Kahutia Te Rangi e filhos de outras casas reais de Hawaiki numa viagem de canoa pelo mar e afundá-la. No entanto, quando a canoa começou a afundar, surgiu uma enorme baleia do fundo do oceano para salvar Kahutia Te Rangi. Veio respondendo ao seu canto, seu *karakia*, atualmente conhecido como o canto de Paikea, pedindo ajuda aos deuses para não perecer.

A baleia ergueu Kahutia Te Rangi e o carregou em segurança, nadando muitos dias e noites. Mas ela não voltou a Hawaiki. Ela carregou Kahutia Te Rangi para o sul; talvez estivesse na sua viagem migratória ao redor do grande oceano do sul, avançando para as ricas paragens de alimento na base do mundo. Às vezes os mares e os céus se apresentavam calmos. Outras vezes havia terríveis tempestades, ondas montanhosas, chuva pesada e céus escuros rasgados por trovões e relâmpagos intermitentes. Mas Kahutia Te Rangi continuou seu *karakia*, e numa manhã cedinho quando a estrela Poututerangi (Altair) apareceu acima de uma montanha bem distante, surgindo do mar (era o Monte Hikurangi, com 1756 metros de altura, o primeiro lugar na face da terra a saudar o sol todas as manhãs), ele percebeu que a baleia o havia trazido para uma terra da qual apenas se falava em Hawaiki; um país fabuloso e abundante de grande beleza e riquezas, chamado Aotearoa (Nova Zelândia).

Kahutia Te Rangi aterrissou em Ahuahu (Ilha Mercúrio), que se encontra perto da Península Coromandel. Ali ele tomou o nome de Paikea para honrar a baleia que o havia trazido a Aotearoa, e em lembrança de sua viagem épica. Outros desbravadores já estavam vivendo em Aotearoa e, com o tempo, Paikea se casou com uma mulher de Ahuahu, cujo nome era Parawhenuamea. Viajando para o sudeste, ele também se casou com Te Manawatina em Whakatane e Huturangi em Waiapu. Com suas esposas ele teve muitos filhos. Instalou-se em Whangara com Huturangi, que era a filha de Whironui de Koutuamoa Point.

De Paikea grandes chefes descenderam, inclusive Porourangi; e foi de Porourangi que a tribo de minha mãe, Ngati Porou, recebe seu nome. O irmão de Porourangi, Tahu, mudou-se para a Ilha do Sul e é considerado por muitos o ancestral fundador. Quanto a mim, eu sempre tive muito orgulho em ser um membro de Ngati Porou e ser capaz de traçar minha genealogia até Paike. Ele é o que chamamos de *tahuhu*, a viga mestra, dos Te Tairawhiti, o viajante migratório e ancestral originador da tribo dos Eastern Tides, também ligando outras tribos da Costa Leste, Hawke's Bay e a Ilha do Sul por ancestralidade sanguínea.

Esta é uma das muitas versões da história do cavaleiro da baleia. Outra versão descreve Kahutia Te Rangi não só como o filho real de Hawaiki, mas também um homem que, por meio de poderes místicos, se transformava numa *taniwha*, uma *tipua*, até numa baleia – funcionando fluidamente entre sua forma humana e sua forma marítima. E por que não deveríamos acreditar nisso? Afinal, Hawaiki era uma terra paradisíaca, um éden polinésio metade real, metade irreal, onde o homem caminhava com os deuses e se relacionava com os animais, pássaros, florestas e todas as coisas animadas e inanimadas. Nesta versão, o assassino Ruatapu perseguiu Kahutia Te Rangi até Aotearoa; deve ter sido uma excitante caça marítima. Ruatapu convocou uma série de cinco vagalhões e os enviou na sua frente, mas Kahutia Te Rangi conseguiu chegar à praia e voltar à sua forma humana antes de ser varrido por eles. Os vagalhões se recolheram, voltando para sua fonte, onde esmagaram aquele que os enviou – e assim Ruatapu foi para sua sepultura de água. As pessoas locais dizem que se você vier para Whangara em setembro, ainda pode ver esses vagalhões quebrando na praia.

Há muitas variantes desta história. Alguns dizem que Kahutia Te Rangi e Paikea eram dois povos diferentes; e a narrativa relacionada a Paikea e seu irmão, Ruatapu, ainda é discutida. Leo Fowler, por exemplo, escreveu em *Te Mama o Turanga* (1944) que havia outro irmão, Ira Kaiputahi; e ele dá mais informações sobre a canoa que foi afundada: era chamada Tutepewakarangi e era uma canoa de guerra na sua primeira viagem cerimonial. Fowler explica que a razão de Kahutia Te Rangi ter mudado seu nome foi que Paikea também porque é o nome dado pelos maori a uma espécie apropriada de baleia, muito comprida, com cabeça pontuda, em forma de V, nariz pontudo e a barriga branca, com listras longitudinais. E a razão de Kahutia Te Rangi ser capaz de chamar uma baleia para salvá-lo, ou mesmo transformar-se numa baleia, era porque sua genealogia o ligava com os animais marinhos – com o boto e a caravela e, especialmente, com as grandes baleias, inclusive as baleias de nariz pontudo.

Outra variação conta que Kahutia Te Rangi teve que deixar uma esposa e um filho, Rangomai Tuaho, em Hawaiki quando despistou Ruatapu. Muitos anos depois, ansiando por seu pai,

Rongomai Tuaho enviou um emissário mágico a Aotearoa para verificar se o pai ainda estava vivo. Outra variante da história do cavaleiro da baleia é que a ilha que se vê perto da praia em Whangara, Te Ana a Paikea, é a própria baleia, transformada em pedra. Pode-se alcançar a ilha numa maré baixa, mas na maré alta no inverno um canal turbulento separa-a do continente.

Estou lhe contando isso para indicar que a mitologia maori é muito rica. Todas as narrativas são multifacetadas, complexas, extraordinárias e transcendentes. Elas ocupam um lugar entre o real e o irreal, o natural e o supernatural – o mundo no qual se pode acreditar e o mundo no qual não se pode acreditar. É por isso que a mitologia maori é tão prevalecente no meu trabalho: as histórias maori e polinésias procedem de uma fonte diferente, um diferente inventário que a tradição ocidental, e eu escrevo de dentro dessa tradição diferente. Acompanhar minha obra como um escritor nativo é toda uma mitologia e história excitantes que abarcam toda a Polinésia e o Pacífico.

O Romance

Não tenho certeza da minha idade de quando vi pela primeira vez aquela escultura do cavaleiro da baleia em Whangara e ouvi a saga de sua viagem épica conseguida por meios fantásticos.

Em 1956, no entanto, quando eu tinha doze anos, a história se tornara uma magnífica compulsão para mim. Ocasionalmente em fins de semana eu costumava pedalar vinte e sete quilômetros até Whangara. Era longe, especialmente quando havia vento de frente; e se eu tinha sorte, alguém me dava carona no seu caminhão. As pessoas sabiam quem eu era por causa do meu pai, Tom, um tosquiador e esportista bem conhecido. Uma dessas pessoas era Rangi Haenga, também um tosquiador. – Indo para Whangara de novo, ein? – ele perguntava. Ele jogava minha bicicleta na caçamba no caminhão, me dava carona até a estrada da Costa Leste e me deixava no cruzamento de Whangara. Um pouco mais de pedaladas e eu já chegava, na elevação acima da aldeia, da igreja, das casas de madeira, mar... e Paikea, uma eterna sentinela olhando por cima do mar.

Eu costumava comer meu almoço e ficar olhando e olhando essa escultura. Eu fazia perguntas de menino: – Para que a baleia ande, precisa bater com os calcanhares nos seus flancos como a um cavalo? Como continuar montado na baleia quando ela mergulha? As baleias não mergulham milhas de profundidade? Como manter a respiração por tanto tempo? Como você falava com sua baleia? Você conhecia a língua das baleias? Talvez as baleias falem maori! – Eu juntava tanta informação quanto podia sobre Hawaiki também. Fiquei pasmo quando percebi que a distância era enorme: mais de três mil milhas.

E então eu costumava ficar sentado de pernas cruzadas, olhando para a escultura de Paikea, espantado com essa viagem fenomenal. Às vezes eu me demorava tanto que Moni Taumaunu telefonava para meus pais em Gisborne dizendo-lhes: – Se vocês estão procurando Witi, ele está aqui em Whangara. Ele pode dormir conosco esta noite, ou então alguém que vá para a cidade pode levá-lo de volta.

Na época, minha irmã Caroline e eu pertencíamos ao Comet Swimming Club (clube de natação) nos banhos municipais Macrae. Depois da prática, eu gostava de inspirar profundamente e ver quanto tempo conseguia ficar debaixo da água. – Onde está Witi? – os instrutores gritavam em pânico. – Ah, ele está bem. Ali está ele, como sempre, sentado no fundo da piscina –. Mas toda vez que eu emergia, verificava o tempo no meu relógio e ficava muito chateado: quatro minutos, não é o bastante. E lá ia eu de novo para o fundo.

Nunca passou pela minha cabeça que a história pudesse ser uma fantasia. Até onde me cabia, Paikea realmente existiu; uma baleia o salvou e ele a cavalgou. Ninguém podia me convencer do contrário. Ainda mais, quando assisti ao filme *Moby Dick* (1956), estrelado por Gregory Peck e dirigido por John Huston, no cinema local, fiquei aborrecido com a maneira com que a grande baleia branca foi demonizada: ela estava apenas tentando se salvar do Capitão Ahab.

Bem, eu fiquei adulto, e não alcancei nada de tão espetacular como Paikea. Mas de muitas maneiras, sua história se tornou o símbolo daquilo que eu devia fazer na minha vida – sempre olhar o horizonte, seguir meus sonhos e não deixar ninguém nem nada me impedir de cumprir meu destino.

Um desses sonhos era me tornar escritor. Não estava no alto da minha lista, mas, com o passar dos anos, e como eu não me tornei um piloto de guerra, nem um astro de cinema nem astronauta, a escrita se moveu mais para a zona de possibilidades. Outro sonho era ver o mundo. Não foi surpresa, portanto, que trinta anos depois, em 1986, eu me transformara em escritor e em diplomata para o Ministério do Exterior (que nunca esteve na lista) nos Estados Unidos. Na época eu tinha vinte e dois anos, trabalhando em Nova York e residindo no apartamento 33G na 67ª. rua na Broadway. Do apartamento havia uma vista para o Rio Hudson até a baía de Nova York. Então eu já tinha duas filhas, Jessica e Olivia, de nove e sete anos, que viviam em Nova Zelândia, mas vinham ficar comigo nas férias. Em uma dessas férias, na época do Natal – Ano Novo, o tempo estava congelante e o melhor lugar para se ficar quente era uma boa sala de cinema aquecida.Vimos um monte de filmes nessas férias – inclusive *An american Tail, Explorers, The Ewok: Caravan of Courage e Flight of the Navigator* – mas eles tiveram um curioso efeito em Jessica. Uma tarde, ela bateu o pé no chão e me perguntou: – Pai, por que os meninos são sempre os heróis e as meninas tão desamparadas? – Seu comentário me fez dobrar de rir, mas eu sabia do que ela estava falando. Minhas filhas têm uma mãe maravilhosa, Jane, que sempre teve pontos de vista fortes sobre a igualdade das mulheres.

Eu não tenho o meu calendário comigo, mas deve ter sido depois que a Jessica e a Olivia voltaram para a Nova Zelândia e chegou a primavera em Nova York que um fato espantoso ocorreu: uma baleia veio nadando o Rio Hudson acima até o Pier 86 na 12ª. Avenida e West 46ª. rua Oeste. Eu me lembro assistir ao evento na televisão local; e hoje isso se tornou parte do folclore da cidade: – Sim, aquela baleia, que coisa que ela fez, não é? – Veja, o Rio Hudson na época era muito sujo, o que os maori chamam de *pango* – uma palavra frequentemente traduzida como "preto" mas tem conotações mais desagradáveis. Algumas pessoas achavam que a baleia havia se perdido. Quanto a mim, fiquei realmente inundado de *aroha*, amor: aquela baleia viera para me dizer olá. Ela havia atravessado toda aquela matéria *pango* para me dizer que, embora eu estivesse vivendo do outro lado do mundo, eu não fora esquecido. Cheio de gratidão e inspirado por ambos os eventos – a visita das minhas filhas e a baleia – escrevi um romance, que acontece na Nova Zelândia, do outro lado do mundo. De fato, eu fui capaz de escrever o livro numa velocidade espantosa; é isso que a inspiração faz com as pessoas. Visitantes apareciam durante a escrita, mas felizmente eles entenderam – bem, espero que entenderam – quando eu não pude sair à cidade com eles. Mas no final de seis semanas o livro estava pronto. Win Cochrane, meu chefe, lançava um olhar benevolente sobre mim quando eu tirava ocasionalmente meia hora no consulado para terminar a segunda revisão. Às vezes ele saía do seu escritório e se deparava com sua secretária, Vivienne Troy, datilografando o manuscrito.

Eu chamei o livro de *The Whale Rider (o cavaleiro da baleia)* e mostrei o manuscrito a Jessica e Olivia na vez seguinte em que elas vieram me visitar. Eu o escrevi para elas. Então mandei uma cópia para o meu editor, David Heap, em Nova Zelândia; e a primeira edição foi publicada com capa dura em 1987. Eu ainda estava em Nova York, então combinei com David que ele levasse o livro para Whangara onde seria abençoado e lançado. O *kaumatua* da comissão *marae* era Jack Haapu, e ele e Nohoroa Haapu organizaram o *hui*. Meus pais e irmã foram até Whangara, e depois me contaram como aquela noite foi espantosa: a lua saiu, brilhando cheia sobre a escultura de Paikea, e lá longe no mar uma grande baleia saltou no ar.

Eu gostaria de poder dizer que o livro recebeu uma recepção entusiasmada, mas não recebeu. Houve poucos artigos; nenhum no *New Zealand Listener*, *Landfall* ou qualquer outra revista literária. O banco de dados da biblioteca da Universidade de

Auckland lista apenas dois, inclusive um feito por Michael King no *Metro*, mas tenho certeza de que deve ter havido alguns nos jornais regionais, também. No entanto, de 1987 a 1994, o livro teve uma audiência popular; passou por três edições diferentes e foi publicado numa edição maori em 1995.

Algumas pessoas muito especiais trabalharam no livro, inclusive os artistas maori bem conhecidos, John Hovell e John Wlash, que ilustraram as capas, e Timoti Karetu, que forneceu a tradução maori. O único lugar em que se podia comprar o livro era Nova Zelândia, mas de alguma forma as pessoas ao redor do mundo conseguiram-no, e me escreviam cartas. Foi só quando o filme *A Encantadora de Baleias* foi lançado internacionalmente em 2002, que o romance conseguiu despertar o interesse de editores internacionais – em especial, uma edição americana (2003), no próprio país no qual foi escrito. Para essa edição eu revisei o romance; também aproveitei a oportunidade para fazer uma mudança simples mas profunda em algo que sempre me perturbou. Na primeira edição de 1987 eu dei a bênção final à heroína para a velha baleia macho. Na segunda versão, eu dei as palavras à senhora baleia fêmea: – Criança, seu povo te espera. Volta para o reino de Tane e cumpre o teu destino –. Agora *A Encantadora de Baleias* afirma plenamente o papel do feminino no mundo natural bem como no humano.

Atualmente a primeira edição de capa dura de Nova Zelândia vale um monte de dinheiro. Ora, eu não tenho um exemplar, e ficaria grato se você me vendesse um.

Glossário Maori

ae – sim
ahau – eu, mim
Ahuahu – as ilhas Mercury, ao Norte da Nova Zelândia
ao – mundo
Aotearoa – Nova Zelândia
aroha – amor
aue – lástima, que pena
haere – viagem
haka – dança de guerra
hapuku – garoupa australiana
haramai – vem para cá
Hawaiki – a pátria mítica do povo maori, talvez identificada com as ilhas Havaí
hine – como os homens se dirigem a um menina
Hine Nui Te Po – deusa da Morte
hokowhitu – festa ou ritual guerreiro
hongi – saudação tradicional maori, apertando os narizes um contra o outro e esfregando-os
huhu – larva de inseto, verme
hui – reunião, encontro
hui e, haumi e, taiki e – sortilégio, fórmula mágica usada nos rituais
iwi – tribo
kahawai – um tipo de peixe de água doce
kai – comida
kainga – lá em casa, o lugar de onde viemos
karanga – chamado
karanga mai – me chame
katoa – todos
kiwi – o pássaro sem asas, típico da Nova Zelândia
ko – fórmula de respeito, usada antes dos nomes

koe - você
kohanga - berçário, jardim de infância
koro - fórmula de respeito usada com as pessoas de idade
koutou - vocês
kuia - mulher de idade
mai - por aqui, nessa direção
manga - um tipo de perca, típico dos mares do hemisfério Sul
mango ururoa - tubarão branco
marae - o lugar sagrado, em volta do qual estabeleciam-se as colônias maori
moa - pássaro sem asas típico da Nova Zelândia, hoje extinto
moana - mar
moki - peixes típicos dos mares da Nova Zelândia, que emitem altos sons quando são tirados da água
Muriwai - ancestral mítico maori, também conhecido como Wairaka
neke - mudar de lugar (a mesma palavra aplica-se para as serpentes)
neke neke - apertar
nga - os (artigo plural)
ngati - o povo dos
nui - grande
ora - vivo
paka - bobão, burro
pohutukawa - 'estrela de Natal', planta originária da Nova Zelândia, que floresce na época de Natal
pounamu - jade
Poutu-te-rangi - a estrela Altair
putiputi - flor
rangatira - nobre
rangi - céu
Rawheoro - escola tradicional maori de entalhar madeira, do litoral Leste da Nova Zelândia
rawhiti - Leste

Rehua – a estrela Antares
reo – discurso, fala
Rotorua – nome tradicional da Baia de Plenty
taiki e – que assim seja, que seja feito (feitiço, fórmula mágica)
tamure – tipo de peixe local
Tane – deus do princípio masculino e da masculinidade. Os *tipuna tane* são os antepassados masculinos, a ascendência masculina
Tangaroa – o deus e guardião do mar
tangata – a pessoa (independentemente do sexo)
taraway – arraia
Tawhirimatea – deus do vento e das tempestades
tawhiti – distância
te – o (artigo singular)
te mea te mea – isso mesmo, é isso aí
Te Pito o te Whenua – nome polinésio para a Ilha da Páscoa
Te Whiti Te Ra – o Caminho do Sol
tena – isso
tohu – emblema
tu – fique, pare
Tuamoto – arquipélago da Polinésia oriental
tuatara – réptil endêmico da Polinésia, frequentemente associado às forças do mal
wai – água
warehou – tipo de peixe local
weka – pássaro sem asas das florestas da Nova Zelândia
whakapapa – genealogia maori, ligando cada indivíduo e cada tribo a algum ancestral mítico
whanau – família extendida (extrapolando os vínculos de sangue)
whare – casa
Whatonga – ancestral do litoral Leste de Aotearoa
Whironui – ancestral mítico, e/ou antepassado genealógico

Este livro foi composto
na tipologia Bembo St 12p
e títulos em Harrington 26p
Impresso para a Barany Editora